LE MASQUE
Collection de romans d'aventures
créée par
ALBERT PIGASSE

TOUT ABUS SERA PUNI

Philippe Le Marrec

TOUT ABUS SERA PUNI

Librairie des Champs-Élysées

Ne cherchez pas Babbeldorf sur une carte. Vous ne le trouverez pas. Ses habitants n'existent que dans l'imagination de l'auteur et les faits qu'on leur reproche sont étrangers à l'Histoire de l'Alsace.

En cas de danger, tirez le signal d'alarme. Tout abus sera puni.

S.N.C.F.

1

Vendredi soir : gare de Babbeldorf.

Engoncée dans un imperméable beige, une jeune femme frissonnait sous la marquise du quai n° 1.

Vu l'application avec laquelle elle grignotait sa demi-baguette, elle avait dû faire impasse sur le repas de midi. Elle portait miette à miette la croûte du pain jusqu'à sa bouche.

Elle suivait un régime. Sûr, elle suivait un régime.

Elle ne mangeait pas. Non. Elle picorait sans s'en apercevoir, sans le faire exprès. Son geste machinal s'était peu à peu accéléré. Absente, elle ruminait lentement, déglutissait à regret, le visage empreint de remords.

Cent grammes ! Sûr, elle allait prendre cent grammes et cet avenir proche la bouleversait maintenant au point de la faire blêmir.

Dès la tombée de la nuit, une pluie diluvienne s'était abattue sur la petite ville, chassant les habitants vers leur foyer. Balayée en rafales, elle ondoyait sous la lumière des lampadaires. Seuls, quelques attardés en quête d'abris arpentaient encore la place de la gare, luttant contre les éléments en courbant l'échine.

La salle d'attente était déserte.

Dans son aquarium de verre, le préposé à la

vente des tickets tentait de suivre un impromptu de Chopin que son transistor distillait en sourdine. Il pianotait sur le bord de son bureau en sifflotant.

Une petite dame échevelée émergea de l'obscurité. Elle marqua le pas à l'entrée du hall puis s'élança vers le guichet. Sa corpulence n'endiguait pas ses mouvements. Elle trottinait avec souplesse. Les rondeurs généreuses qui tendaient sa robe de laine ne laissaient pas indifférent. Sa bouche écarlate et mal dessinée minauda en libérant un son de crécelle : « Un aller Strasbourg, s'il vous plaît. »

A en croire l'étonnement du préposé, satisfaire ce genre de demande ne correspondait plus depuis longtemps à l'idée qu'il se faisait de sa fonction.

– C'est pour aller à Strasbourg, précisa la petite dame. J' suis en panne de voiture.

Convaincu de la noblesse de sa tâche et choqué qu'on puisse la réduire à une besogne aussi futile, le pianiste fronça les sourcils en grognant :

– Le distributeur automatique est sur votre gauche.

– Et ça fonctionne comment? s'enquit-elle.

– C'est marqué dessus, assura l'homme.

Elle le gratifia d'un sourire qui ne produisit aucun effet sur le visage dépité du fonctionnaire.

– Sans vouloir trop abuser de votre gentillesse, reprit-elle, le prochain train passe à quelle heure?

– A 20 heures, déclara l'homme. C'est un express.

– Et il arrive quand à Strasbourg?

– Jamais.

– Pourquoi?

– Il circule dans l'autre sens.

La petite dame se fit violence pour rester calme.

– Et dans ma direction, vous avez quoi?

– Vous allez où?

– Strasbourg, hurla-t-elle.

Sa voix résonna dans le hall et elle sembla gênée d'avoir cédé à la colère. Flegmatique, le préposé commença à feuilleter son manuel et entonna « les cigognes sont de retour... » que l'animateur de R.T.L. venait d'annoncer.

– A la vitesse où vous allez, elles seront sûrement parties avant que j'arrive, remarqua la petite dame.

– Les horaires sont affichés au-dessus de votre tête, trancha l'homme vexé.

Elle s'éloigna d'un pas, consulta le panneau puis revint à la charge, la bouche collée sur l'hygiaphone.

– Dites, sans indiscrétion, vous êtes payé pour compter les mouches ou pour gommer les chiures ?

L'homme s'abstint de répondre à la provocation. Il manifesta son mépris en augmentant le volume du transistor.

L'express de 20 heures traversa la gare. Un air chargé d'embruns glacés fouetta le quai nº 1.

La jeune femme au teint blême tourna la tête et remonta le col de son imperméable pour se protéger le visage. Elle jeta un regard sur l'ivrogne qui chancelait à l'autre bout du quai puis concentra toute son attention sur ce qui restait de sa demi-baguette.

Perdu dans le brouillard d'un mauvais alcool, l'homme soliloquait. Ses hardes dépenaillées flottaient au vent. Transi par le froid glacial, il tentait de rester droit mais ses sens le trompaient. Il faillit perdre l'équilibre, louvoya à deux reprises, corrigea la trajectoire et s'ancra au bord du quai. Là, il dégrafa son pantalon, exhiba ses fesses décharnées et pissa sur la voie.

Les phares de l'omnibus brillèrent dans le lointain comme deux lucioles égarées dans une grisaille fantomatique.

Une minute plus tard, la motrice entrait en gare, traînant dans son sillage des vapeurs tièdes de gas-oil. Les freins crissèrent dans un vacarme métallique et la rame s'immobilisa.

Il n'y avait que cinq passagers dans la seconde voiture.

La petite dame s'y engouffra, suivie par la jeune femme au teint blême. L'ivrogne leur emboîta le pas en titubant.

Peu de temps après, bercé par le ronronnement du moteur diesel, l'homme s'était assoupi. Son corps inerte bringuebalait sur la banquette du fond. Son visage buriné par le vent et l'alcool avait retrouvé une certaine sérénité. Soudain, ses mains cagneuses et boursouflées s'agitèrent. Un soubresaut violent dû au cauchemar qui hantait son esprit, secoua sa carcasse squelettique. Il ouvrit les yeux quelques secondes puis sombra dans une profonde léthargie, occis par la chaleur du wagon. Plusieurs gouttes de sueur perlèrent sur son crâne dégarni.

Des relents de transpiration arrivaient aux narines de la petite dame et elle respirait par saccades pour atténuer l'agression olfactive. Absorbée par la confection d'un tricot, elle concentrait toute son attention sur la pointe des aiguilles et croisait le fer avec dextérité. On pouvait craindre qu'elle se blessât, vu la vélocité avec laquelle sa main droite assaillait sa main gauche. Que l'on interrompît le duel au premier sang, mais l'escarmouche durait depuis plus de cinq minutes et elle pouvait se poursuivre toute la nuit tant la petite dame maniait les armes avec agilité. La laine écarlate filait entre ses doigts à une vitesse hallucinante.

La jeune femme avait changé de place. Prostrée

maintenant à côté d'une vitre embuée qu'elle avait essuyée avec le revers de sa manche, elle observait le paysage spectral qui défilait sous ses yeux.

La lumière déclina soudain, plongeant le wagon dans une semi-obscurité.

Au même moment, l'omnibus d'Haguenau qui dévalait la voie en sens inverse ébranla l'autorail et l'ivrogne sursauta.

Surprise, la tricoteuse abandonna son ouvrage. La bouche entrouverte, elle fixa l'homme du regard en suffoquant. Une émotion vive venait de lui couper la respiration. Elle restait là, immobile, pétrifiée comme une statue de glace. L'horreur de la scène n'était rien comparée à l'irréalité de l'événement qui venait de se dérouler sous ses yeux. Si son cerveau lui dictait encore des ordres, ses membres n'obéissaient plus.

La jeune femme semblait, elle aussi, hypnotisée par l'incident. Un désarroi profond lui avait ôté toute réaction. Une violente nausée lui comprimait la poitrine et elle se retenait pour ne pas vomir.

Moins de dix secondes après son extinction, la lumière fade des néons irradia de nouveau la voiture.

L'indigent traîna son regard sur les deux taches de sang visqueux qui suintaient sur la vitre. Son visage d'une blancheur cadavérique exprima tour à tour l'angoisse et la consternation.

Il baissa la tête et ce qu'il vit lui arracha une plainte inhumaine. Ses mains s'étaient dérobées. Elles n'étaient plus là où il avait l'habitude de les voir. Inertes sur le sol poussiéreux de l'autorail, elles gisaient, recroquevillées, comme si elles avaient voulu s'agripper à la vie une dernière fois.

L'homme fut saisi de panique.

Il se leva et progressa à petits pas dans le couloir

central, interrogeant les passagers du regard, cherchant à lire sur leur visage l'explication qui lui faisait défaut.

Il exhiba ses poignets, demanda qu'on le réveille, qu'on arrête son cauchemar... Mais aucun des voyageurs ne semblait en mesure de réagir et devant leurs yeux hagards, marionnettes indociles, deux moignons hideux s'agitaient, crachant par saccades un magma rouge et poisseux dont les relents tièdes empestaient déjà l'odeur de la mort.

2

Samedi

L'hiver 69 ressemblait à tous les hivers alsaciens : la neige succédait à la pluie. Quand le vent du nord soufflait, le ciel retrouvait sa teinte manganèse, le mercure du thermomètre retournait dans son réservoir et il gelait à pierre fendre pendant plusieurs semaines.

Certains réglaient le régime de leur chaudière sur 20° C et, bercés par la chaleur ambiante, attendaient les canicules d'été.

Le commissaire Noblet se réveilla avec une migraine. Il officiait dans la région depuis plus de cinq ans mais ne s'était pas encore habitué aux rudesses du climat continental.

Chaque matin son passé méridional lui revenait en mémoire. Certains jours, la nostalgie l'engourdissait complètement et il lui rallait faire un effort sur lui-même pour s'abstraire aux images qui lui emplissaient la tête. Oublier... Noblet n'avait jamais réussi. La douleur s'était estompée avec le temps mais les images étaient restées intactes. L'œil avait privilégié des cadres, conservé des séquences et elles revenaient à l'assaut du présent, meubler la désuétude des petits matins mornes. Seul le rythme avait changé. Il était plus lent. Le film, lui, était toujours le même : un coup de frein brusque, un coup de volant à droite, un dernier regard, des yeux qui disent adieu en suppliant... Le début d'une longue descente aux enfers.

La mort de sa fille l'avait profondément affecté. Quelque chose s'était cassé en lui. L'harmonie s'était rompue. La tendresse s'était évanouie. Ses réactions n'étaient plus les mêmes. Sa perception du monde avait changé. Il était devenu plus terne, plus irritable, comme si la détresse avait rongé le vernis social qu'il affichait auparavant.

Sa femme l'avait quitté deux mois plus tard. Il avait accepté le fait comme un châtiment puis, peu à peu, il s'était refermé sur lui-même, cherchant dans la réclusion une vertu expiatoire. Las de déployer des trésors d'imagination pour le divertir, ses amis l'avaient abandonné les uns après les autres.

Noblet s'était réfugié dans la solitude, consacrant l'essentiel de son temps à l'étude des dossiers. Son métier l'absorbait jour et nuit. Le commissariat était devenu sa résidence principale. Il y restait souvent jusqu'à des heures indues, recroquevillé dans son mutisme. Là, loin de ses cauchemars, il retrouvait parfois un peu de sérénité. Là, il se sentait à l'abri de tout... Ce fut pourtant là que l'adversité l'atteignit une seconde fois.

Une petite affaire sans envergure. Un interrogatoire de routine : un proxénète qui se met à table sans qu'on le lui demande et qui livre, clés en main, le fond de commerce de sa ville. Un type un peu plus retors que la moyenne, qui veut bien payer l'addition si on le laisse partager la facture avec ses commanditaires... Et un scandale à la Une : les ballets roses de la jet-set, un député mouillé jusqu'au cou et un préfet qui joue les amnésiques.

Noblet n'avait pas vu venir le coup. Il y a des

villes où il faut savoir fermer les yeux... Mais il était à mille lieues de tout ça, Noblet. Consciencieux, opiniâtre, il avait réuni assez de preuves pour envoyer tout le monde à l'ombre pendant plusieurs années. Treize inculpations! Le petit juge n'y avait pas été de main morte. La chancellerie s'était occupée de son cas le mois suivant.

Pour Noblet, les événements s'étaient précipités. Les félicitations avaient eu l'arrière-goût d'un règlement de compte. Sa promotion à Strasbourg avait été immédiate et il avait quitté la Provence comme il y était venu vingt ans plus tôt : sans manifester son désarroi.

Il jeta un coup d'œil sur le cadran du réveil, remarqua qu'il était en retard, réduisit sa toilette aux ablutions d'usage, expédia son petit déjeuner et se précipita vers le garage où l'attendait sa DS 19 noire.

Il lui fallut moins de cinq minutes pour atteindre le commissariat central. Le jour n'était pas encore levé. La rue de la Nuée Bleue était déserte. Un vent frileux balayait l'asphalte humide.

Noblet salua le planton. L'homme luttait contre l'emprise du froid en battant les semelles de ses chaussures sur le bitume du trottoir. Noblet lui adressa un sourire compatissant puis il poussa d'un geste brusque l'une des deux portes vitrées et s'engouffra dans un long couloir aux murs vert pâle qu'arrosaient les rayons indigents d'une ampoule de 100 watts.

Quand il pénétra dans le bureau, la clarté morne des néons acheva de le déprimer.

Ce serait une mauvaise journée. Il s'y était préparé mais le fait de le savoir n'atténuait pas son amertume.

Il regarda dans la rue la pluie qui perlait sur les branches dénudées des arbres. Son regard s'attarda sur la faible lueur qui tentait de percer la couche nuageuse à l'horizon puis il se retourna brusquement vers Curtebœuf au moment où celui-ci s'insinuait dans la pièce. L'inspecteur affichait un sourire jovial. Il lança un bonjour à la cantonade et s'approcha de la fenêtre. Cette bonne humeur à sens unique irrita le commissaire.

– Qu'est-ce qui vous fait rire ? grogna-t-il.

– C'est l'histoire d'un clodo qui s'est fait couper les mains cette nuit dans l'autorail de Strasbourg.

– Et alors ? fit Noblet.

– Le journal dit que le gars en a perdu la tête... On parle même de sorcellerie.

Le commissaire mit cette forme d'humour sur le compte de la jeunesse et haussa les épaules.

– Si dans les jours qui viennent, le bonhomme continue à se disloquer, reprit l'inspecteur en pleine crise d'hilarité, les gendarmes de Babbeldorf vont avoir du pain sur la planche. On leur a déjà confié l'étude des O.V.N.I. Ils vont pouvoir mettre à leur actif la magie noire.

– Conseillez-leur de prendre un exorciste et occupez-vous des affaires courantes, trancha le commissaire.

L'inspecteur obtempéra, confondu par la virulence du ton. Cette remontrance ne risquait pas d'ébranler son optimisme naturel mais il accusa le coup et s'abstint de répondre.

La sonnerie du téléphone mit un terme momentané au trouble qui appesantissait l'atmosphère. Le commissaire traîna les pieds vers l'appareil et décrocha. Il éprouva un instant de satisfaction en entendant la voix qui grasseyait dans l'écouteur puis, rapidement, son enjouement fit place à la consternation.

Il psalmodia quelques « Oui, monsieur le Procureur », et reposa le combiné sur son support.

A l'autre extrémité de la pièce, intuitif et prudent, Curtebœuf faisait le dos rond en attendant l'orage.

– Vous allez pouvoir vous marrer toute la journée, annonça Noblet en allumant sa première cigarette. Le parquet de Strasbourg ouvre une information contre X et on hérite de l'affaire du manchot.

– Si j'ai cinq minutes dans la matinée, j'irai poser un cierge, proposa l'inspecteur. J'en profiterai pour faire quelques incantations.

– C'est ça mon vieux ! Et s'il vous reste un peu de temps, dénichez des témoins, envoyez le stagiaire inspecter le wagon et débrouillez-vous avant ce soir pour trouver une explication tangible à cette foutaise. On n'est quand même plus au Moyen Age. Merde !

Depuis le début de l'après-midi, Noblet assistait à l'audition des premiers témoins. Certains passagers de l'autorail s'étaient présentés spontanément. Noblet les classait en deux catégories : ceux qui avaient vu quelque chose et qui n'avaient rien compris; ceux qui n'avaient rien vu et qui avaient une opinion sur l'événement.

Le rapport de gendarmerie précisait qu'une infirmière avait assisté le blessé dès les premières minutes du drame. Curtebœuf était parti à sa recherche et Noblet se languissait d'enregistrer sa déposition.

Dans sa longue carrière d'officier de police judiciaire, il s'était coltiné quelques problèmes saugrenus mais l'histoire du manchot ensorcelé dépassait en bêtise ce qu'un esprit rigoureux comme le sien pouvait supporter. Les prémices de l'affaire s'imposaient à lui comme une insulte à la raison. Il avait donc décidé d'aborder la question avec prudence, de ne pas succomber aux explications simplistes et de ne se ranger à l'avis des devins qu'en cas d'échec cuisant de la méthode traditionnelle.

D'emblée, il lui sembla nécessaire de ne pas s'enliser dans le bourbier croupissant des sciences occultes et d'écarter toutes les interprétations fallacieuses de l'événement. Pourtant, si l'on s'en tenait aux conclusions du rapport de gendarmerie, Dieu et la S.N.C.F. s'étaient associés dans un complot diabolique pour trucider dans son sommeil un passager anonyme de la ligne Haguenau-Strasbourg.

Curtebœuf fit irruption dans le bureau de Noblet.

– J'ai retrouvé l'infirmière, claironna-t-il.

– Elle est où ? demanda le commissaire.

– Chez le patron.

– Qu'est-ce que vous attendez pour la faire venir ici ?

– Rien, fit l'inspecteur, confus. Je vais la chercher.

Moins d'une minute plus tard, une petite dame replète émergea de l'obscurité du couloir. Intimidée par l'environnement, elle avança à petits pas jusqu'au milieu du bureau puis resta plantée là, cherchant ostensiblement dans le décor l'endroit où le devoir l'appelait.

– Où ce que je me mets ? susurra-t-elle.

– Je vous en prie, prenez une chaise, marmonna le commissaire.

Déférente, elle s'exécuta, gênée tant par son embonpoint que par le regard suspicieux du policier.

– Vous vous appelez Huguette Daurand, entonna Noblet sans préambule. Vous habitez Babbeldorf, 2 place de la Gare. Vous vous rendiez hier soir entre 20 heures et 21 heures à l'hôpital de Hautepierre où vous assurez la permanence de nuit dans le service de traumatologie.

– Si vous voulez, acquiesça-t-elle.

– Moi, je ne veux rien, annonça Noblet, désabusé. Pour le moment, je me contente de lire le rapport de gendarmerie...

Il marqua une pause et reprit :

– N'hésitez pas à m'interrompre si ce que je vous dis ne vous semble pas conforme à la vérité...

– D'accord.

– Je continue... D'après votre déclaration, la victime dormait près de la fenêtre et vous étiez assise à son niveau de l'autre côté de l'allée centrale... C'est-à-dire qu'il vous fallait tourner la tête à droite pour le voir.

– C'est ça. D'ailleurs, à propos, faut que je vous dise, j'avais pas les yeux rivés sur lui, s'excusa-t-elle. J'étais plongée dans mon tricot.

Elle exhiba la preuve de son assertion : un tuyau de laine rouge et noire d'au moins 80 centimètres.

– C'est pour Antoine... C'est un basset.

Pauvre toutou, pensa Noblet. Avec ça sur le dos, il ne risque plus de se perdre. Vu les dimensions de l'ouvrage, sa mère avait dû fauter avec un python des Indes.

– Qu'est-ce que je disais déjà ? reprit l'infirmière. Ah oui ! Je tricotais depuis dix bonnes minutes... Alors, v'là-t'y-pas, tout d'un coup, qu'il se met à lever les bras, l'pauvre homme, brusquement, comme si quelqu'un les avait tirés par le haut... On pouvait s'attendre à ce que tout redescende en même temps. Eh bien non ! Y'a deux morceaux qui sont partis en l'air, à cinquante centimètres au-dessus du reste. Le sang a giclé contre la vitre et, quand la lumière est revenue, après que le train qu'allait en sens inverse soye passé, les deux mains étaient par terre... Et ça, je l'ai vu comme je vous vois.

– Malgré l'obscurité ?

– Dans le wagon, il y avait les veilleuses et l'aut'e train qui remontait vers Haguenau éclairait le nôtre.

– L'événement s'est déroulé avant ou après le passage de la rame qui circulait sur la voie opposée ?

– Pendant... Juste pendant, affirma-t-elle.

– Qu'est-ce que vous avez fait ?

– Au début rien. J'étais paralysée sur place... Après, je me suis ressaisie. Les deux artères radiales étaient sectionnées. Alors, j'y ai fait des points de compression.

– Au moment où vous vous êtes occupée de la victime, elle était toujours assise à sa place ?

– Non, l' pauvre homme était en état de choc. Il s'est mis à marcher dans le couloir. Quand j'ai pris conscience qu'il allait se vider comme un cochon, je suis intervenue. Il fallait qu'il s'allonge pour ralentir les battements du cœur. Un des passagers m'a aidée.

– Dans les autorails, certifia Noblet, les dossiers sont hauts. Est-ce que vous pouvez me dire si quelqu'un occupait la place contiguë à celle de la victime ?

Elle écarquilla les yeux pour signaler qu'elle n'avait pas compris la question.

– Est-ce qu'un des passagers était dos à dos avec l'homme qui s'est fait couper les mains ?

– Oui, approuva l'infirmière. Le monsieur qui m'a aidée, mais de l'endroit où j'étais, je ne l'ai pas vu avant l'accident.

– Quand vous êtes montée dans l'autorail, il y avait beaucoup de monde? intervint Curtebœuf.

– Non, hésita la petite dame. Quatre ou cinq personnes... Peut-être six.

– Quelqu'un s'est approché du clochard pendant le voyage?

– La tendance générale était plutôt de s'en éloigner.

– Ah! fit Curtebœuf, surpris.

– A cause de l'odeur, précisa l'infirmière. Quand je suis entrée dans le wagon, y' a une jeune femme qui s'est installée à côté de lui. Elle n'a pas tenu plus de trois minutes. Elle a dû changer de place.

– Au cours du trajet, personne n'a touché aux fenêtres?

– Non, je ne crois pas... ou peut-être quelqu'un à un moment, à cause de l'odeur... Mais j' suis pas sûre.

– Je vous remercie pour toutes ces précisions, conclut le commissaire.

Noblet essayait de se concentrer.

Le témoignage d'Huguette était précis. Pourtant, quelque chose avait dû lui échapper. L'aspect surnaturel de l'événement l'avait choquée, occultant du même coup, dans son esprit, une partie de la réalité. Noblet ne se départait pas de cette impression.

– Si un détail vous revient, n'hésitez pas à m'appeler, fit-il en tendant une carte de visite à la petite dame.

– Je peux m'en aller? s'étonna-t-elle.

– Oui. Dès que vous aurez signé votre déposition.

– Eh bien, chez vous, on ne traîne pas!

– Peut-être, reconnut Noblet. Malheureusement,

ce n'est pas ce qui nous permet d'avancer plus vite.

L'infirmière s'apprêtait à partir lorsque Piaget entra dans la pièce. Il avait dû monter l'escalier quatre à quatre. Sa respiration était saccadée.

Tout frais émoulu de l'école de police, le jeune stagiaire semblait impatient. Il attendit que la petite dame eût quitté le bureau pour intervenir.

– Côté voiture S.N.C.F., rien de neuf, lança-t-il. Toutes les ouvertures étaient fermées y compris celle contre laquelle la victime s'était endormie. Une chose quand même est surprenante. J'ai trouvé une vieille pièce de cinq sous coincée entre la vitre et le montant supérieur de la fenêtre. Elle n'a pas pu se glisser là par hasard, donc quelqu'un l'y a mise. Pourquoi? Je n'en sais rien!

– Eh bien! Cherchez, mon vieux. Vous êtes payé pour ça, fit Noblet.

3

Dimanche

Le docteur Schroeder avait quelques raisons d'être fier ce matin-là. Huit heures d'intervention – quatre heures par membre –, sa performance chirurgicale relevait de la haute couture. Cardin, à côté, n'était qu'un amateur. Il méritait le dé d'or.

– Pour le conservatoire de piano, il est encore un peu fébrile, avoua-t-il au commissaire, alors que les deux hommes regagnaient le hall d'entrée de la Clinique du Parc, mais avec un peu de courage, beaucoup de rééducation et moins d'alcool, il pourra tenir sa fourchette et son couteau avant la fin du mois.

C'était la petite infirmière qui était à l'origine de cet exploit. Non contente d'avoir accompli les gestes nécessaires à la survie du blessé, elle avait eu la présence d'esprit de ramasser les morceaux qui traînaient par terre, de récupérer quelques glaçons dans le réfrigérateur du chef de gare et de faire parvenir, toute affaire cessante, ce colis macabre au virtuose du scalpel qu'elle connaissait de renom et qui, selon elle, ne manquerait pas d'en faire bon usage.

Le docteur Schroeder n'avait pas failli à sa réputation.

– J'aimerais avoir votre avis sur la blessure, demanda le commissaire.

– Incontestablement un objet tranchant, répondit le médecin, amusé par l'imprécision du terme. Les deux plaies sont franches. Le bonhomme s'est fait désosser au niveau du carpe. Le scaphoïde et la base du radius ne portent aucune marque significative, comme si l'arme avait glissé entre les jointures sans les toucher. Une hache, un couteau de cuisine auraient laissé une trace indubitable sur les cartilages. Là, tous les points convergent vers l'intérieur des membres, comme si l'homme avait été pendu par les mains.

Noblet était perplexe. Plus le médecin l'abreuvait de détails précis, moins l'événement lui semblait vraisemblable. Il lui fallait maintenant faire un effort sur lui-même pour ne pas se précipiter chez le médium du coin afin de recueillir un avis éclairé sur la question.

– Puis-je avoir un entretien avec votre client en début d'après-midi? hasarda-t-il en redoutant la réponse.

– Je regrette, commissaire, s'excusa le docteur Schroeder, mais il est sous sédatifs. Vous ne pourrez pas l'interroger avant deux ou trois jours.

– En attendant votre autorisation, moi je fais du « sur-place », protesta le policier.

– Je suis désolé, objecta le médecin. Partez du principe qu'un convalescent est toujours plus loquace qu'un cadavre.

– Un cadavre ne ment pas, précisa Noblet.

Le médecin éclata de rire.

– Les hommes sont des machines complexes, reconnut-il. Mon rôle n'est pas de savoir pourquoi ils s'entre-tuent ni comment ils y parviennent mais de leur éviter la morgue dans la mesure du possible.

– Je vous envie, docteur.

Allongé sur son lit d'hôpital, l'esprit entre deux eaux, englué dans une nébuleuse d'antalgiques, Emile Schreiner était sans doute le seul, dans toute la région, à ne pas savoir ce qui lui était arrivé pendant la nuit.

Pourtant le commissaire brûlait de l'interroger. C'était le passé de cet homme qu'il fallait étudier. Etablir la liste des événements qui avaient ponctué sa vie, s'insinuer dans l'univers de ses relations et, enfin, déterminer le mobile, trouver une raison sensée à cette supercherie sinistre.

A court d'arguments pour justifier sa demande, Noblet haussa les épaules et prit congé du chirurgien.

Il traversa le parc de l'Orangerie puis remonta l'allée de la Robertsau en direction du centre-ville. La pluie avait cessé et un vent glacial soufflait, battant les toiles de protection de l'étal d'un maraîcher.

Noblet acheta une livre de mandarines et poursuivit sa marche.

L'air frais l'avait revivifié. L'affaire lui était momentanément sortie de l'esprit. Il emprunta le petit pont qui enjambait l'Ill et se dirigea vers la cathédrale sans raison apparente si ce n'était cette nécessité impérieuse de se détendre, d'échapper, ne fût-ce qu'un instant, à la routine.

Son regard fut attiré par une sculpture d'art nègre qui siégeait entre deux fauteuils Louis XVI dans la vitrine d'un magasin d'antiquités. Les membres supérieurs de la statue étaient sectionnés au niveau du coude. Noblet était hypnotisé par l'objet. Il se demanda ce qui pouvait le fasciner autant dans ce visage d'ébène, lui que l'art laissait d'habitude indifférent, puis, peu à peu, une idée germa dans son esprit. Ce n'était pas tant la pureté de la ligne de la statue qui l'attirait mais l'énigme qu'elle posait. La loi du Talion ! Il faillit éclater de rire. Qu'avaient fait les mains d'Emile pour qu'un maniaque juge opportun de les lui couper ? C'est dans cette direction qu'il fallait chercher.

Le carillon de la cathédrale Notre-Dame le ramena à la réalité. Il consulta sa montre et pressa le pas vers le parking où il avait laissé sa voiture deux heures plus tôt.

La petite ville de Babbeldorf avait échappé au développement industriel. Perdue entre Strasbourg et Haguenau, elle s'était lentement endormie sur son passé. Son histoire ne figurait pas dans les manuels scolaires. Elle avait donné à la France sa part de chair humaine – témoin de cette effusion cadavérique, le monument poussiéreux qui trônait au milieu de la place entre l'église du XVIIIe et les latrines municipales – mais son Histoire avec un grand H valait surtout par les ragots qui alimentaient la chronique locale depuis la nuit des temps.

On pouvait diviser la population de Babbeldorf en deux catégories d'individus : ceux qui fréquentaient le café d'Irène et ceux qui fréquentaient le bar de Fernande.

A l'heure du crépuscule, le café d'Irène bruissait de tous les commérages du quartier. Les hommes s'agglutinaient au bar. Avachis sur le zinc, ils se repaissaient de calomnies, stimulant leurs pauvres velléités d'êtres racornis à grands coups de médisance. Contraints à la haine par manque d'imagination, leurs cerveaux en jachère s'étaient encrassés peu à peu. Ils restaient là des heures, rancis par l'oisiveté, cherchant dans l'alcool le surcroît de bonheur que leur avait refusé la croix Vitafort. Il leur en fallait bien peu pour les ragaillardir.

Au moment où Noblet pénétrait dans l'établissement, on venait d'inventer une maîtresse au titulaire de la paroisse. Le Révérend Père Helmlingen en prenait pour son grade. Un hépatique, deux pochards décharnés et un grabataire monopolisaient la conversation. Au centre de cette polémique naissante : le comportement de la veuve Schultz. Cette brave femme fréquentait l'église avec une telle assiduité qu'on en était venu à se demander si elle se prélassait dans la béatitude ou dans la concupiscence et si ses prières revêtaient encore un caractère liturgique.

Tout au bout du comptoir, l'hépatique, plus soûl et plus veule que les autres, proposait même de la canoniser à sa façon. Exalté, l'auditoire éthylique lui disputait sa bêtise et il se rengorgeait derrière son verre de rouge. Il l'avait vu, lui, la veuve Schultz, l'aut'e soir près du calvaire. Prier à c't heure, c'était pas catholique et ça cachait quê'que chose... Même qu'il l'aurait bien prise, lui, la veuve Schultz, hopla geiss, pour le plaisir, vu qu'ê devait aimer ça mais qu'il n'a pas osé, rapport à la grosse Berthe qu'avait pas ses yeux dans ses poches et qu'était jalouse comme une teigne. Il lui aurait montré, lui, ce que c'était qu'un homme. Ses attributs valaient bien ceux d'un curé.

Le commissaire s'immisça lentement dans la conversation. On y alla de bon cœur, ravi de savoir qu'un étranger, fût-il sobre, pouvait manifester autant de sollicitude.

On évoqua le fantôme de l'église dont tout le monde connaissait l'existence mais que personne n'avait jamais vu. A en croire le plus ridé des vieux, ce spectre facétieux profitait des nuits de pleine lune pour exercer sa coupable industrie. Son art totémique relevait souvent de la plaisanterie fatale. Ancré dans l'esprit de chacun comme une réalité, le fantôme était le censeur du village.

Emile Schreiner était logé à la même enseigne. Il avait les mains sales. Le Tout-Puissant lui avait réglé son compte. Ce n'était pas plus compliqué que ça!

Sans cultiver un goût prononcé pour les ragots, le commissaire hasarda :

– Le problème est de savoir à quelle occasion il s'est sali les mains, Emile?

– Pendant la guerre, marmonna un vieux. Pas la grande, l'autre, celle d'après...

Noblet resta bouche bée.

Vautré sur le zinc, l'ancêtre semblait épuisé. Son visage simiesque n'avait pas résisté à l'épreuve du temps. L'âge avait creusé des sillons dans sa peau. Il semblait peu enclin à dépenser son énergie, ravi de faire du « sur place » dans l'angle le plus reculé du bar, limitant ses mouvements au strict nécessaire. Confiné dans une immobilité béate que seul troublait par instants un cillement de paupières, il restait là, absent, accoudé au comptoir.

Noblet fut étonné de l'entendre prononcer un mot.

– Vous n'êtes pas alsacien, monsieur? reprit le vieux.

– Non, je suis normand d'adoption.

– Alors, vous ne pouvez pas comprendre.

– Je peux faire un effort, répliqua le commissaire.

– Ici, pendant la guerre, enchaîna-t-il, y' a ceux qu'étaient pour Londres et ceux qu'étaient pour Berlin. Y' a ceux qui voulaient rester français et ceux qui sont devenus allemands par la force des choses... et, comme partout ailleurs, y' a ceux

Qu'ont tout perdu et ceux qu'ont tiré leur épingle du jeu.

– Vous détestez les Allemands ? s'enquit Noblet.

– Autant se détester soi-même, confessa le vieux en haussant les épaules. A l'école j'apprenais les poèmes de Goethe pendant que votre grand-père apprenait ceux de Verlaine... On n'oublie rien.

L'ancêtre semblait écartelé entre l'amour et la raison. Son cœur naviguait outre-Rhin mais sa pension d'ancien combattant venait de la rue de Bellechasse... Alors, il en perdait son latin.

– Ici, c'est comme partout ailleurs, répéta-t-il. Certains, par intérêt, ont été, un moment, plus royalistes que le roi. Vous comprenez..? Nous, l'Histoire de France, elle nous chatouille un peu du côté de la mémoire.

Il comprenait, Noblet. Il acquiesçait, branlait du chef. Il proposa :

– Vous prendrez bien quelque chose ?

Une lueur de satisfaction éclaira le visage morne de l'ancêtre. Il n'était pas nécessaire d'être psychologue pour s'en apercevoir. C'était flagrant. Il abandonna le vin rouge, commanda du schnaps et tendit son godet.

Les autres bigornèrent la situation avec une franche convoitise.

– Et nous, on sent le gaz ! lança le mieux conservé des pochards.

Noblet enregistra l'allusion et se fendit d'une tournée générale. L'atmosphère, crispée un instant, se détendit comme un ballon de baudruche.

Digne, l'ancêtre retourna à sa méditation. Les autres prirent le relais.

– Pendant la guerre, Emile, il travaillait à la mairie.

– Il pouvait rien faire d'autre à cause de sa patte folle.

– Même qu'il est resté ici pendant l'exode.
– Il causait à tort et à travers.
– Pour ça, il causait, confirma l'un des vieux.
– C'est lui qu'a dénoncé Denise.
– Denise? s'étonna Noblet.
– La femme de Germain, précisa le grabataire. Au retour de l'exode, elle servait en face, chez Fernande. Elle avait pas mal de relations.
– C'était la maîtresse du lieutenant Köhl, le secrétaire de la Kommandantur, rajouta l'hépatique.
Il hésita un instant puis reprit :
– Un teuton qui baise la femme d'un Germain, ça fait désordre!
Il éclata d'un rire caverneux qui déboucha sur une quinte de toux.
– Il était pas chef de gare, Germain, annonça le grabataire, n'empêche qu'il pouvait plus mettre sa casquette... Voyez ce que j' veux dire?
Les quatre hommes sombrèrent alors dans une crise d'hilarité, prêts à se disputer leurs performances d'alcôve.
– Denise, la fidélité c'était pas son truc, commença celui qui végétait à gauche du comptoir, mais elle était gentille. Faut dire que Germain, il déficiait un peu côté plumard. Son dada à lui, c'était les trains miniatures. On peut pas être bon partout!
– Ça tenait de son métier, tempéra l'homme de cire. Il était garde-barrière. Un train toutes les vingt minutes, ça vous laisse même plus le temps de pisser. Ça vous coupe un étron en deux... Je vous dis que ça...
– C'était pas vraiment sa faute, à Germain, fit le moins sénile. Moi, la Denise, par exemple...
– Nous raconte pas ta vie, trancha Irène. Qu'est-ce que vous prenez? C'est ma tournée.

Faute de savoir s'y dérober, Noblet accepta l'invitation. Irrigué au whisky, son cerveau enregistrait maintenant les informations avec un temps de retard.

– Je crois que tout le monde y est passé dessus, à la Denise, affirma le décharné. Même le père à Armand.

Ils s'esclaffèrent d'un rire entendu.

– Qu'est-ce qu'il a d'original le père d'Armand? s'enquit le policier.

– A c'te époque, il conduisait les trains.

– Et alors?

– Alors, elle est passée dessous, la Denise. Un soir de brume... Germain, ça y a fait un choc... et à la petite aussi.

– La petite? demanda Noblet.

– La fille à Denise, précisa le grabataire.

– Denise et Germain?

– Blonde comme elle était, insinua l'alcoolique, ça m'étonnerait!

Il péta bruyamment.

Conquise par l'intérêt de sa performance, l'assistance lui fit une ovation et chacun y alla de son commentaire, devisant sur la qualité de l'exploit.

Ravi de l'accueil qu'on réservait à sa prouesse, l'auteur proposa :

– Qu'est-ce qu'on boit? C'est ma tournée.

Deux heures après son arrivée, Noblet quitta l'établissement l'esprit entre deux eaux.

L'horloge du tableau de bord du véhicule de service affichait 20 heures 10. Noblet était en retard. Il lui fallait une vingtaine de minutes pour rejoindre le centre de Strasbourg et il était certain, maintenant, de manquer le début du film. Cette évidence l'irrita.

Le cinéma était la seule distraction à laquelle il n'avait su renoncer. Il s'était fait une religion d'y aller au moins deux fois par semaine. Le mercredi et le dimanche convenaient parfaitement à son emploi du temps. Noblet était un cinéphile averti. Il arrivait toujours cinq minutes avant le début de la séance et se plaçait dans le premier tiers de la salle. Jamais il n'aurait pris une projection en cours. Son retard le contrariait.

Les renseignements qu'il avait obtenus chez Irène étaient intéressants mais de là à sacrifier son seul loisir, il y avait un pas qu'il refusait de franchir. La justice était immortelle. Elle pouvait donc attendre.

C'est en lisant les critiques dans la presse régionale du matin qu'il avait décidé de voir le dernier Chabrol : *Que la bête meure.*

Il connaissait le sujet du film. Il savait que cette histoire l'ébranlerait, le replongerait dans son passé, le ferait souffrir encore un peu, qu'il sortirait de la salle empreint d'une tristesse qui lui collerait à la peau pendant trois jours mais cette épreuve était salutaire. Il en était convaincu. Il y prenait même un certain plaisir.

Au sortir de Weyersheim, il se remit à espérer. Il venait d'apercevoir, dans la nuit d'encre, les torchères de la raffinerie de Reichstett qui embrasaient la base des nuages, donnant au ciel une chaude couleur de forge. Dans deux minutes, il atteindrait Hoerdt et après ce serait la ligne droite. De là, on distinguait le halo lumineux qui coiffait Strasbourg les soirs de mauvais temps.

Il décida de se hâter. Son pied droit pressa la pédale d'accélérateur. Le mince ruban d'asphalte défilait maintenant à plus de 120 km/h sous les roues de la Simca. Prise sous les feux croisés des projecteurs antibrouillard, la ligne blanche discontinue clignotait comme un stroboscope. La vitesse le grisait.

Noblet avait retrouvé une partie de sa sérénité, mais l'alcool qu'il avait ingurgité devait lui embrumer le cerveau car il analysa la situation trop tard.

Hypnotisé par la puissance des phares à iodes, un chat famélique s'était immobilisé au milieu de la route. Inconscient du danger, il conjurait le sort en remuant la queue. Ses yeux brillaient à quelques centimètres au-dessus de la chaussée. Surpris par l'obstacle, Noblet se crispa. Il freina de toutes ses forces mais, rien à faire, la Simca glissait à vive allure vers le greffier. Il donna alors un brusque coup de volant à gauche pour éviter l'animal et, pendant une fraction de seconde, il crut au miracle. La voiture longeait l'accotement en trépignant mais elle restait en ligne droite. La satisfaction fut de courte durée. Au contact d'une ornière, la roue arrière chassa violemment et la Simca amorça un tête-à-queue.

Portée par son élan, elle traversa la chaussée, dérapa sur une dizaine de mètres et percuta de plein fouet une barrière de bois.

Maintenant, Noblet ne pouvait plus éviter la collision avec le mur de briques qui se dressait devant lui. Il tenta encore une fois de manœuvrer mais son effort fut vain et il ferma les yeux. Un bruit de tôle effroyable lui déchira les tympans. Convaincu qu'il avait enfin rendez-vous avec la mort, il éprouva, à cet instant, un profond soulagement.

4

Lundi

– Un gramme huit, annonça Curtebœuf, hilare, en posant la main gauche sur le micro du téléphone pour atténuer sa voix.

– Quoi, un gramme huit? hurla Noblet de la pièce contiguë.

– Le taux d'alcool que vous aviez dans le sang, hier soir, quand vous avez loupé le virage de Rottelsheim, claironna l'inspecteur.

Le commissaire contemplait son visage tuméfié sur la glace des toilettes. La lumière des néons accentuait la pâleur de son teint. L'œil gauche avait doublé de volume, la pommette sous-jacente virait peu à peu au noir corbeau et le crâne, lisse habituellement, arborait maintenant quelques aspérités rougeâtres dues à l'éclatement du pare-brise.

Appuyé sur le chambranle de la porte, il se pencha pour avoir Curtebœuf dans son champ de vision.

– Qui est à l'autre bout du fil? demanda-t-il en soufflant ses mots pour qu'ils portent moins.

– Le brigadier Baas, fit l'inspecteur sur le même registre.

– Dites-lui que je le rappellerai dans la matinée.

Curtebœuf transmit le message, reposa le combiné sur son support et se dirigea vers les toilettes.

– Pour un coup d'essai, on peut dire que vous n'avez pas fait dans la dentelle, allégua-t-il, scrutant les ecchymoses d'un œil expert. Les interrogatoires de Bertrand faisaient moins de dégâts.

Noblet haussa les épaules. Un coup d'essai ! Curtebœuf ne pouvait pas savoir.

Il revoyait encore une fois le film des événements. Les circonstances étaient analogues. Ce jour-là aussi l'alcool avait coulé à flots. Sa fonction lui avait permis d'éviter la prise de sang, la correctionnelle et une probable condamnation. Ces privilèges laissaient Noblet indifférent. De toute manière, la peine que lui aurait infligée le tribunal aurait été dérisoire au regard de son crime. Le châtiment qu'il s'imposait depuis la mort de sa fille était beaucoup plus insidieux.

Sa vieille blessure n'était toujours pas cicatrisée. Aujourd'hui, en comparaison, celles de son visage étaient insignifiantes.

– Après l'affaire du train diabolique, reprit l'inspecteur, votre accident va accélérer la calvitie du Préfet.

– La presse régionale va nous éreinter, concéda le commissaire.

– Pour la presse, on peut s'arranger, tempéra Curtebœuf. Le brigadier m'a garanti une certaine discrétion. Il a convaincu le fermier d'opter pour un accord à l'amiable. Votre atterrissage dans la cour n'est pas dramatique. La barrière d'entrée était pourrie. C'est votre visite du poulailler qui risque de vous coûter cher. Vous l'avez complètement pulvérisé avant de percuter l'étable. Chez les gallinacés, le bilan est catastrophique : 18 cadavres et 11 orphelins.

– Onze orphelins ! répéta Noblet.
– Le brigadier a établi un constat. Si on omet l'infraction, suggéra l'inspecteur, on peut très bien invoquer une manœuvre d'évitement. Votre assurance tous risques couvrira les frais et vous vous en tirez à bon compte.
Un sourire contrit se dessina sur le visage de Noblet, dilatant du même coup la plaie sanguinolente qui déformait sa lèvre inférieure. L'inspecteur ne pouvait pas savoir...
– Faut pas hésiter, insista Curtebœuf, trompé par la mimique du commissaire, on est quand même dignes de foi !
Perdu dans ses souvenirs, Noblet acquiesça.
– Quant à la voiture, continua l'inspecteur, d'après le brigadier, elle est bonne pour la ferraille.
Il était près de neuf heures. Les deux hommes regagnèrent le bureau et vidèrent d'un trait le café que venait de leur servir le planton dans des gobelets en plastique. Le commissaire se racla la gorge et changea de ton :
– On reprend l'enquête à zéro, déclara-t-il, manifestant soudain une autorité quelque peu ternie par les événements de la veille. Curtebœuf, vous allez à Babbeldorf. Vous rendez visite au garde-barrière et vous lui faites la totale : relations, compte bancaire, alibi, mobiles et tout le toutim... Piaget, vous laissez tomber la sorcellerie et vous essayez de me retrouver un certain Gunter Köhl. Il a séjourné de 41 à 43 à Babbeldorf puis il a disparu en août de cette année-là après une sombre histoire d'adultère. Fouillez avant tout du côté des anciens combattants de la Wehrmacht. Tentez de savoir à quel bataillon il appartenait et mettez la main sur un ou deux témoins. Je compte sur vous... et puisque nous avons la chance, depuis hier soir,

d'entretenir des relations privilégiées avec la gendarmerie locale, demandez à nos braves collègues de nous fournir le maximum de renseignements sur le comportement des habitants pendant la dernière guerre. Je sais qu'ils ont horreur de remuer la merde. Malheureusement, la solution du problème est peut-être dedans... Alors, mouillez-les un peu. On se retrouve ce soir, vers 18 heures, pour confronter tout ça. Des questions?

Il parcourut la pièce d'un regard et ajouta :

– Alors, au boulot!

Dans la maison du garde-barrière, le temps semblait s'être arrêté. La pendule avait perdu ses aiguilles mais le balancier dodelinait toujours pour l'harmonie du décor.

Quelques braises rougeoyaient en craquelant dans la cheminée.

Au centre de la pièce, une table de chêne, une toile cirée à carreaux rouges, un compotier version Cézanne et puis derrière, à l'ombre, l'indispensable calendrier des P.T.T. avec en prime, pour toute décoration, un Poulbot rigolard qui urinait sur le pied d'un lampadaire.

Une odeur entêtante – un mélange de cire et de bois brûlé – flottait dans l'atmosphère.

A quelques mètres de la cheminée, une jeune femme respirait par saccades. Son souffle court suivait le rythme du balancier. Son corps frémissait par instants. Elle semblait plongée dans une profonde torpeur sans qu'il fût possible de déterminer ce qui l'obnubilait.

Curtebœuf s'était immobilisé à l'entrée. Il avait frappé à deux reprises avant de pénétrer dans la masure puis il avait poussé le battant, passé la tête par l'ouverture et posé un pied sur les lames disjointes du parquet qui avaient crissé sous son poids.

La jeune femme ne s'était pas retournée. Sa silhouette malingre se découpait en contre-jour dans l'encadrement de la fenêtre.

Soudain, la maison commença à trembler sur ses fondations. Le vrombissement s'amplifia jusqu'à devenir insupportable. Un train passa en hurlant. Les turbulences de sillage ébranlèrent les vitres et Curtebœuf sursauta.

Le visage enfoui dans la paume de ses mains, la jeune femme tressaillait. Elle donnait l'impression de hurler mais aucun son ne sortait de sa bouche.

Le vacarme s'estompa, laissant la place à un gémissement.

Curtebœuf se racla la gorge et hasarda : « Excusez-moi de vous déranger. La porte était ouverte. Je me suis permis d'entrer » mais la jeune femme ne sembla pas l'entendre.

Elle doit être sourde, pensa l'inspecteur. Les vibrations ont dû l'affoler. Cette idée le rassura.

Il contourna la table, se porta à son chevet puis il se pencha jusqu'à ce qu'il fût impossible de ne pas éveiller l'attention.

La jeune femme ne bougea pas.

Elle scrutait le jardin. Son regard se perdait quelque part sur la ligne d'horizon. Il était impossible de saisir, dans ce paysage lénifiant, ce qui pouvait l'obséder.

– Excusez-moi, répéta Curtebœuf. Je suis inspecteur de police. Je souhaiterais vous poser une ou deux questions. Vous comprenez?... C'est pour une enquête de routine.

Il avait beau mettre les formes, lui qui n'était pas coutumier du fait, le résultat n'était guère probant. La jeune femme semblait pétrifiée.

– Coucou ! s'exclama-t-il en changeant le timbre de sa voix. Je suis le fantôme du village...

Il ânonna quelques onomatopées et lui proposa un sourire franc. La jeune femme ne manifesta aucune réaction.

Alors, Curtebœuf lui prit la main avec délicatesse, exerça une légère pression sur ses doigts et l'observa en retenant son souffle.

Elle était belle. Une beauté discrète : le visage émacié aux pommettes saillantes, le nez fin et les yeux tristes d'un cocker qui supplie pour attirer la compassion.

L'inspecteur était subjugué.

Si on omettait le caractère professionnel de sa visite et le mutisme de la jeune femme, il aurait succombé au marivaudage.

A vrai dire, Curtebœuf n'avait jamais eu de chance avec les femmes. La sienne était partie un soir d'été après deux ans de vie commune. Il n'avait jamais trouvé d'explication à ce départ et il en avait conçu une amertume particulière qui tenait plus de la fierté blessée que du chagrin d'amour. Le divorce consommé, il avait épousé, en secondes noces, la secrétaire du procureur, une brune adorable qui le tenait en laisse comme un caniche nain.

Entre ces deux idylles, Curtebœuf avait vécu quelques aventures mais aucune n'avait résisté à l'épreuve du temps. Il avait d'abord mis ce problème sur le compte de sa profession puis il s'était aperçu qu'à l'exception des « intellectuelles de gauche », sa fonction ne jouait pas contre lui.

Au premier abord, l'inspecteur faisait illusion. Blond, les yeux bleus, le visage carré, il affichait même une certaine arrogance mais, dès qu'on grattait un peu, sa prestance s'effilochait et on découvrait derrière le masque un personnage émotif et maladroit. Conscient de ses faiblesses, Curtebœuf les dissimulait, déployant de manière ostensible une nonchalance qui lui seyait mal.

A le regarder vivre ainsi, on prenait alors pour de la suffisance ce qui n'était chez lui qu'un palliatif à la timidité.

La porte d'entrée grinça soudain et une voix de stentor se fit entendre. Curtebœuf eut à peine le temps de se retourner et d'apercevoir le géant qui se jetait sur lui. Il entrouvrit la bouche, tenta d'émettre une protestation mais le poing de l'homme lui cloua la mâchoire, stoppant net sa tentative de conciliation.

Le corps de Curtebœuf chancela. Il dut au mur de ne pas s'écrouler. Il lui fallut plus d'une minute pour recouvrer ses sens.

Pendant ce temps, l'homme s'était agenouillé. Il tendait à la jeune femme un verre d'eau et deux comprimés blancs. Sa voix ne trahissait aucune animosité.

– Ne crains rien, disait-il. Je suis là. Bois lentement et calme-toi. N'aie pas peur. Personne ne te fera de mal. Je veille sur toi...

Il lui passa la main dans les cheveux. Elle voulut esquiver la caresse. Sans trop savoir pourquoi, Curtebœuf mit ce geste imperceptible sur le compte du dégoût. Docile, elle se laissa faire, dodelina de la tête quelques instants puis replongea dans une apathie totale.

L'homme avait une carrure imposante, le garrot d'un cheval de trait et une tête qui semblait minuscule comparée à l'envergure de ses épaules. Il avait à peine dépassé la quarantaine mais il paraissait plus vieux que son âge, affectant une certaine bonhomie quand la colère ne le défigurait pas. Il avait tout de l'ours polaire : la férocité sous un masque de tendresse. Quand il fixa l'inspecteur, son regard exprima tour à tour la haine et le mépris.

– Vous n'avez rien à foutre ici, déclara-t-il en désignant la porte. Plus vite vous aurez disparu, mieux ça vaudra.

– Excusez-moi d'insister, articula Curtebœuf dont la mâchoire inférieure évoluait avec difficulté, je voulais simplement lui poser une ou deux questions.

– A quel titre? vociféra le géant.

L'inspecteur exhiba sa carte. L'homme fronça les sourcils.

– Je ne pouvais pas savoir, s'excusa-t-il. Je vous ai pris pour un...

– Oui, s'empressa Curtebœuf.

– C'est ma fille, confessa Germain Mayer. Son état s'est aggravé depuis Noël. Maintenant, le moindre choc et c'est l'asile...

Il ouvrit la porte et, d'un signe discret, invita le policier à le suivre.

Dès qu'ils furent à l'extérieur, le garde-barrière affirma :

– Je ne voudrais pas qu'elle finisse comme sa mère...

– Vous voulez parler de l'accident? insinua Curtebœuf.

– Non, monsieur l'inspecteur. Je parle des hommes. Elle est belle, Aurore. Je ne veux pas qu'ils posent leurs sales mains sur elle. Elle est fragile. Vous comprenez?

Comme Curtebœuf effectuait quelques exercices de mastication, le garde-barrière ajouta :

– Je vous dois des excuses pour tout à l'heure... mais, faut pas m'en vouloir. Vous étiez accroupi à côté d'elle. Vous lui teniez la main...

– J'en ai vu d'autres, trancha le policier.

– Vous avez remarqué le jardin? enchaîna le

géant émerveillé. C'est elle qui le fait. C'est son passe-temps. Vous verriez ça en été. C'est superbe ! Elle fournit l'hospice en fleurs. Elle a du talent, ma fille. N'est-ce pas, monsieur l'inspecteur ?

Les massifs étaient bien répartis. Ils reflétaient un peu la grâce de la jeune femme, pas son désarroi.

Curtebœuf extirpa de la poche de son pardessus un calepin et un stylo.

– On parle un peu en marchant ? proposa-t-il.

– Si vous y tenez, répondit le garde-barrière, résigné.

– Vous connaissez Emile Schreiner ?

– Oui, assura le colosse. Ici, tout le monde le connaît. Il était secrétaire de mairie avant...

Il n'acheva pas sa phrase.

– Avant quoi ? insista Curtebœuf.

– Avant l'alcool.

– A partir de quelle année a-t-il commencé à boire ?

– Cinquante-cinq... non, cinquante-six, corrigea Mayer. Six mois après l'accident de ma femme.

L'inspecteur nota la date.

– A cette époque-là, il a suivi une cure de désintoxication, continua le garde-barrière. Mais ça n'a servi à rien, alors le conseil municipal l'a foutu à la porte.

– Il vit comment ?

– Il touche une petite pension de la Sécurité Sociale. Je crois... Faudra demander au maire... et puis certains agriculteurs l'emploient comme ouvrier pendant la saison.

Les deux hommes cheminaient sur la petite route qui borde la voie ferrée. Germain Mayer bourra sa pipe et précisa :

– Il n'a jamais eu de chance, Emile. A l'école, c'était un bon élève. En 35, le vieux Schreiner avait même envisagé de l'envoyer chez les Frères, à Strasbourg, pour qu'il passe son brevet... C'est à ce moment-là, je crois, que sa vie a basculé.

– Chez les Frères?

– Non. Un mois avant la rentrée scolaire, il est tombé de la batteuse. J'étais encore un gosse mais je m'en souviens très bien. Il est resté une semaine dans le coma. On croyait tous qu'il allait passer... Il s'en est sorti avec une jambe plus courte que l'autre.

– Et pendant la guerre?

Mayer posa sur l'inspecteur un regard chargé de mépris, comme si la question était injurieuse. Il répliqua :

– Et vous, qu'est-ce que vous faisiez pendant que la France baissait son froc?

– Je suis né en 42. Ma mère était concierge à Belleville. Je regrette, déclara Curtebœuf en pesant ses mots. Si l'Histoire vous a joué un tour de con, moi, je n'y suis pour rien. Je me contente de poser des questions. N'y voyez aucune arrière-pensée... Cela dit, est-ce que son handicap a permis à Schreiner d'échapper à la Wehrmacht?

– Oui, fit le garde-barrière, laconique.

– Et vous?

– Quoi moi?

– Pendant ce temps-là, vous faisiez quoi?

Mayer haussa les épaules. Son regard s'assombrit soudain comme si on l'obligeait à regarder une image dont il ne supportait pas la vue. Il ânonna sa réponse sans passion, comme s'il débitait une litanie.

– J'ai été recruté fin 43. J'avais 18 ans. En 44, j'étais sur le front russe. En 45, j'étais prisonnier au camp de Tambow avec plusieurs milliers d'Alsaciens qui faisaient ce qu'ils pouvaient pour ne pas crever de faim. J'ai passé trois ans derrière les barbelés soviétiques. On m'a libéré en 48...

Sa dignité forçait le respect. Curtebœuf jugea opportun de changer de sujet.

– La nuit de lundi à mardi, vous étiez où ?

– Chez moi, assura Mayer. Je regardais la télévision comme tout le monde.

– Avec votre fille ?

– Non. Lundi, elle était à Wissembourg, chez les sœurs de Saint-Vincent-de-Paul. Elle passe les trois quarts du temps là-bas. Moi, depuis que les barrières sont automatiques, je pars tous les matins de bonne heure. Je travaille à l'entretien des voies. Je suis agent de sécurité.

– Merci, fit Curtebœuf en refermant son calepin. On sera sans doute amenés à se revoir, alors, la prochaine fois, évitez de m'assommer avant que je trouve le temps d'ouvrir la bouche. C'est une chose à laquelle je ne m'habitue pas.

Un sourire contrit se dessina sur le visage du garde-barrière.

– Oh ! J'allais oublier, s'exclama l'inspecteur en revenant sur ses pas. Pourriez-vous me donner une de vos photos d'identité ?

La demande sembla surprendre le géant. Il affecta un air embarrassé.

– N'ayez aucune inquiétude, reprit Curtebœuf. Je ne suis pas collectionneur mais, au point où en est l'enquête, c'est plus simple et moins fastidieux qu'une confrontation.

Le garde-barrière s'exécuta de bonne grâce. Il fouilla dans son portefeuille et exhuma une épreuve jaunie par le temps.

– Elle date un peu, reconnut-il, mais c'est tout ce que j'ai à vous offrir.

L'express qui dévalait les rails vers Strasbourg mit un terme définitif à la conversation.

Piaget avait quitté le commissariat à 17 heures. Il avait décidé de faire une rapide incursion dans la minuscule chambre de bonne qu'il occupait au sixième étage d'un immeuble vétuste, rue du Vieux Marché aux Vins, avant d'aller au rendez-vous que lui avait fixé Curtebœuf. Le temps de se jeter un peu d'eau sur le visage, de se passer un coup de peigne, d'enfiler des jeans et de prendre un anorak, il était prêt à affronter une nuit de veille.

A 17 h 30 précises, il s'était posté à l'angle de la rue du Noyer, à quelques mètres de la quincaillerie devant laquelle Curtebœuf devait le rejoindre.

Ce soir-là, une réunion importante se tenait à la mairie de Babbeldorf. Noblet avait délégué les deux hommes pour observer le comportement des habitants. Le commissaire leur avait demandé de rester discrets, de recueillir le maximum de renseignements permettant d'orienter l'enquête et de prévenir la gendarmerie en cas d'incident majeur.

Cela faisait maintenant dix bonnes minutes que Piaget arpentait le trottoir. Curtebœuf était en retard et le jeune stagiaire s'impatientait. Il envisagea un instant de prévenir Noblet mais la cabine téléphonique la plus proche était à une centaine de mètres de l'endroit où il se trouvait, et il renonça à se déplacer de peur de manquer son collègue.

Précédé des hurlements de la sirène, le véhicule de service déboucha enfin du quai Kellermann. Il remonta la rue du Noyer en louvoyant dans la circulation dense puis s'immobilisa au bord du trottoir après avoir effectué une dernière embardée.

– Allez! Magne-toi... Grimpe, ordonna Curtebœuf en ouvrant la portière côté passager.

– T'as vu l'heure? fit remarquer Piaget.

– Et toi, t'as vu le bordel ! maugréa l'inspecteur. J'ai été obligé de mettre la sirène pour pas que tu t'enrhumes. Alors, te plains pas !

Curtebœuf fit crisser les pneus de la Simca et déboîta violemment sans s'occuper du flot ininterrompu des voitures qui stagnaient au milieu du carrefour.

Vingt-cinq minutes plus tard, il atteignit Babbeldorf et gara la Simca dans une rue parallèle à l'hôtel de ville de manière à découvrir l'ensemble de la place.

Dès 18 heures, la nuit s'était abattue sur la région comme une nuée de sauterelles et le mercure du thermomètre était descendu en dessous de zéro. Pour maintenir une chaleur constante dans l'habitacle, l'inspecteur avait laissé tourner le moteur du véhicule et une fine couche de buée s'était déposée sur le pare-brise.

– On n'y voit rien, s'était plaint Piaget.

– T'inquiète pas, avait répondu Curtebœuf, le moment venu on passera un coup de torchon.

Les deux hommes avaient dû attendre 20 heures 30 avant de constater les premiers signes d'animation.

D'ordinaire, le conseil municipal de Babbeldorf se réunissait le mercredi soir. La salle des mariages était l'emplacement réservé à cette activité. On y faisait peu cas du protocole. On s'accordait même quelques libertés avec la procédure. Madeleine, la secrétaire de mairie, commençait par faire le café. Le premier adjoint ouvrait une bouteille de schnaps et on attaquait la séance par une phrase de circonstance : « A la bonne vôtre. »

Ce rituel était immuable.

La ville tenait à ses traditions et, quelle que fût

l'importance ou la banalité des problèmes à traiter, le conseil siégeait.

L'ordre du jour se résumait parfois à quelques observations bien senties sur la couleur du temps. Ce n'est pas parce que le contenu des dossiers est insignifiant qu'il faut surseoir aux habitudes.

Partant de ce principe, cette séance hebdomadaire était devenue, aux yeux des habitants, aussi importante que la messe du dimanche et si on respectait le curé parce qu'il officiait régulièrement, on respectait le maire parce qu'il accomplissait sa tâche avec la même assiduité. Donc, sauf cas de force majeure, depuis que la République avait répandu ses bienfaits sur l'Alsace, le conseil municipal de Babbeldorf se réunissait une fois par semaine.

Comme dans toutes les municipalités, les réunions du conseil étaient publiques mais, par politesse, les administrés de Babbeldorf n'eussent pour rien au monde troublé les délibérations par une présence intempestive. Ils avaient élu des volontaires pour penser et agir à leur place. Ils auraient trouvé indélicat de les épier en plein travail. Contester ! A quoi bon ? L'opposition républicaine était conçue pour ça.

L'opposition conférait chez Fernande le samedi soir. Les problèmes d'adduction d'eau ne lui permettant pas d'élever le débat, elle avait choisi de refaire le monde dans son coin – le monde se limitant aux frontières du département – et de s'abstenir de polémiquer avec un adversaire aussi rustre. En aucun cas elle n'eût fait part d'un projet à l'équipe en exercice de peur de voir celle-ci s'octroyer une suggestion originale.

Les événements de la semaine avaient déferlé sur le village comme une colonne de Panzers et, pour faire face à l'inquiétude croissante qui paralysait les activités quotidiennes, Marcel Elmstein avait décidé de convoquer une assemblée extraordinaire. Un dimanche soir, le fait n'était pas coutumier. Pour tout dire, il ne s'était jamais produit auparavant.

Intriguée, la population s'était ruée vers la mairie. Il y avait, ce soir, plus de monde dans l'édifice qu'il n'y avait d'habitants à Babbeldorf et on s'arrachait les chaises pliantes pour vivre cet instant dans le plus grand confort possible.

Par curiosité, les villages voisins étaient venus en délégation. Passant outre la courtoisie qu'on doit à un visiteur, les administrés de Marcel s'étaient d'abord révoltés contre l'envahisseur. Les chaises avaient été payées avec leur argent, donc elles leur appartenaient et il n'existait dans aucun manuel de savoir-vivre un article qui imposât au propriétaire d'un siège de rester debout. On convint finalement d'attribuer les places assises par ordre d'arrivée et la séance put commencer.

En cette occasion exceptionnelle, l'opposition républicaine occupait son banc. Marcel respecta la procédure.

– L'ordre du jour est consacré à l'allocation de chauffage pour l'église, la vidange des radiateurs et le goudronnage de la V6.

Cette annonce fit l'effet d'une gifle sur l'assistance. Pendant quelques secondes, chacun resta silencieux, le souffle coupé par la surprise. Mais, dès la première onde de choc passée, les membres de l'opposition manifestèrent leur mécontentement. Ils n'étaient pas venus ici pour entendre ça. L'église était certes un congélateur. Tout le monde en convenait. Certains y avaient même attrapé une fluxion de poitrine qui leur avait permis d'accéder au paradis sans escale. Mais, ce soir, on voulait savoir ce qu'il était advenu à Emile. On était en droit de connaître la vérité et on revendiquait la version officielle de l'incident... Quant à la V6, Marcel aurait pu annoncer le goudronnage de la Voie lactée. Cette décision aurait eu le même effet sur l'auditoire.

Curtebœuf profita du tumulte pour faire une incursion discrète dans la salle. A plusieurs reprises, Marcel joua du maillet pour imposer le silence. Le leader de l'opposition républicaine escalada son banc et harangua la foule.

– Babbeldorf est, une fois de plus, victime de son passé, déclara-t-il. Certains, ici, ont la conscience aussi lourde que du plomb. La situation requiert le consensus et, par-delà les idées qui sont les miennes, je suis prêt à collaborer avec le conseil municipal pour trouver une solution... « Si ta main droite offense Dieu, coupe-la » dit l'Evangile. L'esprit du mal est au cœur même de nos foyers. Au nom de mon groupe et en accord avec ce dernier, je pense qu'il faut exorciser le village.

Cette suggestion déclencha un tonnerre d'applaudissements. On ne connaissait pas très bien les idées de l'orateur mais sa proposition avait le mérite de faire avancer le débat et on lui reconnut un certain pragmatisme.

Le maire de Babbeldorf était progressiste sans qu'on sût très bien ce que cela voulait dire. On avait voté en masse pour le progrès et on n'y avait vu aucune hérésie.

L'opposition républicaine, elle, était calotine. Comme à Babbeldorf on croyait en Dieu, au diable, aux fantômes et, d'une manière plus générale, à tout ce que la science ne pouvait expliquer, on regrettait maintenant de ne pas avoir porté cette équipe-là au pouvoir. Avec un homme tel que Gilbert Holzhausen, le problème eût été circonscrit en peu de temps. Les mécréants lui reconnurent même une once de bon sens et on conspua Marcel.

– Chers amis, hésita le maire. Chers amis... Je tiens tout d'abord à faire part de mon émotion personnelle et de celle du conseil municipal tout entier quant au drame qui a terrassé l'un de nos concitoyens. Emile Schreiner est un homme que la vie a malmené mais, malgré ses errances, je ne pense pas qu'un esprit, même divin, ait pu lui infliger un tel supplice.

– Accuse-nous de l'avoir mutilé nous-mêmes! s'emporta le leader de l'opposition.

Ce jugement péremptoire déchaîna les passions. La photo d'Emile, à la Une des éditions quotidiennes, avait suscité quelques jalousies mais ce qui irritait le plus les administrés de Marcel était qu'on associât le nom d'un alcoolique notoire aux destinées d'un village paisible. On entendit alors, dominant le chahut général, des voix anonymes prononcer les mots de mouchard, de vengeance, de sorcellerie.

– Chers amis, reprit le maire. Etant donné qu'Emile n'a pas de famille et qu'il est encore en vie, le conseil municipal lui adresse donc directement, en votre nom à tous, ses plus sincères condoléances.

Cette proposition calma un instant les esprits. La compassion ne coûtait rien. On pouvait la manifester sans avoir recours à son porte-monnaie. C'était une idée pleine de générosité. Dieu n'y serait pas insensible.

Une clameur soudaine s'éleva au fond de la salle.

Les trois ivrognes qui s'étaient confiés à Noblet la veille venaient d'entrer, bras dessus bras dessous, avec la ferme intention de faire part de leur analyse de la situation. Ils y avaient beaucoup réfléchi. A cette heure avancée de la soirée, ils avaient bravé les lois de la pesanteur, conjugué leurs efforts et surmonté maints obstacles pour parvenir, essoufflés, jusqu'à la salle du conseil. S'ils étaient en retard, ce n'était pas vraiment de leur faute. Ils avaient mal apprécié la distance qui les séparait de la mairie. En temps normal, c'est-à-dire avant midi, une minute aurait suffi mais, à partir de 20 heures, le chemin était plus long et il fallait viser juste pour atteindre la grande porte après l'arrêt obligatoire aux latrines de la bourgade.

Ils étaient donc arrivés avec une bonne demi-heure de retard, prenant la parole sans qu'on la leur donnât, exposant de concert une opinion qui n'avait rien d'original et s'octroyant, au nom de la démocratie, le droit de hurler plus fort que les autres.

– Tout ça, c'est la faute à Jules Schwartz, commença l'hépatique.

– C'est de la magie noire, enchaîna son compère. Le facteur nous jette des sorts. Il a tout un arsenal de statuettes dans son grenier... et je cause pas sans savoir.

– Charles, tu n'as pas la parole, trancha le maire.

– J'habite ici depuis soixante ans et j'ai pas besoin d'autorisation pour dire ce que je pense.

– Ecoute, Charles, fit le maire, conciliant. Chez Irène tu parles quand tu veux mais ici, à la mairie, c'est moi le maître des débats.

– J'ai pas voté pour toi.

– Et qu'est-ce que tu veux que ça me foute que t'aies pas voté pour moi puisque j'ai été élu quand même.

Cette remarque pleine de finesse coupa l'élan de

l'ivrogne. Il dut faire appel à son sens inné de la dialectique pour renchérir.

– Tu veux m'empêcher de dire ce que je sais.

– Je t'empêche pas. Je t'explique que les débats sont publics et qu'il faut éviter que tout le monde cause en même temps.

– Si tu te tais un instant, je sera tout seul à parler et à ce moment-là je pourrai te dire que l'affaire d'Emile c'est juste un apéritif avant le plat de résistance... Y'en a plus d'un ici qui va y laisser sa peau.

– D'où tu tiens toutes ces sornettes?

– De là, fit-il en posant son index sur son front buriné.

– Ménage ton organisme, conseilla le maire. Occupe-toi de ton foie et laisse ton cerveau tranquille.

– Le mien, au moins, il fonctionne.

– Me fais pas rire, s'insurgea Marcel. Tout ce que tu sais de la vie, c'est le prix du Ricard.

– Tout ça c'est la faute aux Schwartz, répéta l'alcoolique.

– Bon, maintenant ça suffit, trancha le maire en cognant sur la table avec le plat de sa main.

– Bande de petits salauds, fit une voix enrouée dans l'assistance. Ça ne se passera pas comme ça!

Le facteur s'était fait représenter par son épouse, une femme ronde à la tignasse hirsute qui maniait les écarts de langage avec la virtuosité d'un rouleau compresseur.

– Qu'est-ce que tu veux, Emilienne? demanda Marcel.

– Je ne vais pas me laisser insulter par une bande de mange-merde, vociféra la matrone.

– La parole est au représentant des affaires sociales, hurla Marcel.

Mais l'ivrogne ne l'entendait pas de la sorte. Il apostropha la femme du facteur.

– Demain, si je vois ton mari, je lui ferai bouffer son vélo... et on verra si ça ne règle pas les problèmes.

Ulcérée, Emilienne pourfendit la foule et se précipita sur l'hépatique. Au dire des témoins, l'altercation fut si violente qu'elle déclencha un début de panique. Une rancœur générale éclata alors dans la salle comme un orage de printemps et il fut impossible aux pacifistes de tempérer l'ardeur hystérique des combattants.

Quand la première chaise atteignit les graviers de la place après avoir traversé la fenêtre principale de la mairie, Curtebœuf estima qu'il était nécessaire de mettre un terme aux délibérations. Il appela la gendarmerie sur la fréquence d'urgence de sa voiture.

Trois minutes plus tard, le brigadier Baas se rendait sur les lieux avec deux de ses collègues. Si le mot désolation a été inventé, c'est pour décrire le spectacle qu'il découvrit. La salle des mariages ressemblait aux rives du Zambèze après le passage des éléphants. Au fond de la pièce, le bureau du maire faisait les pieds au mur et les chaises pliantes avaient toutes été pliées mais pas dans le bon sens. Un amoncellement de tubes en inox siégeait au milieu du décor comme un échafaudage de dix mètres après une secousse tellurique de force 7.

L'hépatique saignait du nez. Occis par un coup de poing au foie, son acolyte contemplait le plafond. Au moment où le brigadier Baas s'apprêtait à faire les premières constatations, le troisième pochard suffoquait encore sous la pression des muscles fessiers d'Emilienne. Scandalisée par les insultes dont elle avait fait l'objet, la femme du facteur écrasait sa victime de tout son poids, tenant de sa main gauche l'échancrure de son corsage qu'un geste malencontreux avait fait craquer jusqu'à la ceinture.

Pour Curtebœuf, la mission d'observation était terminée. Il fit signe à Piaget de regagner la voiture et quitta Babbeldorf en évitant les obstacles incongrus qui parsemaient la place.

5

Mardi gras

– Gunter Köhl a disparu sur le front russe en février 44, affirma Curtebœuf en massant ses paupières rougies par l'atmosphère irrespirable du bureau. On n'a jamais retrouvé son corps.

A partir de 17 heures, il fallait des phares à iode pour traverser le commissariat. De l'entrée aux pièces du fond, des volutes bleutées tournoyaient au-dessus des cendriers, exhalant un brouillard suffocant. Chacun y allait d'une toux gutturale, jurant de limiter sa consommation dès la première alerte.

– La dernière fois qu'on l'a vu vivant, reprit l'inspecteur, il remontait vers la zone des combats. Il semble peu probable qu'il ait survécu à la boucherie. Le juge d'instruction a ordonné un complément d'enquête. Nos collègues allemands sont sur le coup mais il ne faut pas se faire d'illusions... On ne trouvera rien de ce côté-là.

Il se dirigea vers la fenêtre et l'entrebâilla.

– Côté gendarmerie, ils ne sont pas très bavards. A propos d'Emile Schreiner, l'enquête de voisinage corrobore à peu près la version du garde-barrière. Cela dit, dès qu'on attaque la période 39-45, ils deviennent complètement amnésiques. Le brigadier-chef Baas, qui a fait toute sa carrière dans le district, se souvient vaguement d'un certain Gunter Köhl, grand, blond, hautain... D'après lui, l'homme était secrétaire à la Kommandantur... mais ça s'arrête là. J'ai l'impression que les souvenirs ne se bousculent pas dans sa mémoire. Il a décidé d'occulter toute cette partie de l'histoire. Il distille les renseignements, les donne au compte-gouttes. Ça relève presque de l'entrave à la justice. Pour lui, la liaison entre Denise Mayer et Gunter Köhl tient de la rumeur. Il n'en a jamais entendu parler avant décembre 56, date à laquelle la femme du garde-barrière est passée sous le train... A en croire les ragots, c'était pas une enfant de Marie celle-là.

– Vous avez approfondi le sujet? demanda Noblet.

– Non, s'excusa Curtebœuf, tout ce que je sais, c'est qu'elle a dansé au théâtre municipal de Strasbourg avant la guerre. Il y avait une affichette et quelques photos sur la cheminée, chez elle.

– Alors, on continue à fouiller, déclara le commissaire. On passe le village au peigne fin. Vous recoupez tous les témoignages. Faites-les parler. Pressez-les comme des citrons. Je peux vous assurer qu'ils sont plutôt du genre loquace.

– Surtout quand ils ont bu, se permit Piaget.

– Nobody is perfect, conclut Noblet avec l'accent normand.

A deux pas de chez Irène, de l'autre côté de la place, le bar de Fernande exhibait sa façade désuète.

Dès la tombée du soir, l'enseigne au néon agressait le client et le monument aux morts rutilait dans la nuit.

La Citroën du commissaire décrivit un lent arc

de cercle. La lumière des phares balaya la place. Le véhicule hésita un instant puis s'immobilisa au pied de l'église, à l'abri des regards. Noblet s'extirpa de la voiture et enfila son pardessus en frissonnant.

– Attendez-moi ici et si ça dure plus d'une heure, venez me chercher, ordonna-t-il avant de disparaître dans l'obscurité.

Le gardien de la paix ébaucha un sourire entendu.

Il n'était pas dans les habitudes du commissaire de se faire accompagner mais les événements de la veille l'avaient astreint à reconsidérer son jugement et il avait accepté la suggestion de Piaget.

Il remonta le col de son loden pour parcourir les cinquante mètres qui le séparaient de l'établissement, poussa la porte et se glissa dans la salle.

Il ne sentait pas très bon, son bar, à Fernande. C'était un remugle coincé entre deux pâtés de maisons. Une pâle odeur de graisse cuite encombrait l'amosphère. Supplantant, par moments, cette nébuleuse olfactive, un vague relent d'eau de Cologne couronnait l'ensemble.

Témoins discrets d'une vie dissolue, les murs suintaient la mélancolie. On ne venait pas chez Fernande pour le cadre ou la gaieté du site. Non. Au mieux, on s'y rendait pour tuer le temps, pour noyer sa tristesse, pour pallier les déficiences de Charles, le tenancier du lieu que l'âge avait atteint du côté de la prostate.

Fernande jaugea d'un coup d'œil son nouveau client. D'emblée, elle le trouva sympathique, considérant les plaies qui scarifiaient son visage comme une marque de virilité.

– Oh! Les vaches! s'exclama-t-elle, admirative. Ils vous ont pas loupé.

– C'est le moins qu'on puisse dire, reconnut

Noblet, cultivant le quiproquo. Je crois que les poulets du coin se souviendront de mon passage.

– Ah! fit-elle, soudain clairvoyante. Je vous plains. Ici, c'est pas des tendres.

– Pour sûr, confirma Charles. Moi, la dernière fois que j'ai eu affaire à eux...

– On t'a pas sonné, trancha la patronne. Monsieur a eu le temps de se faire une idée.

Un vieux pick-up essoufflé grasseyait un tube des années 30 avec autant de délicatesse qu'un amputé du larynx. La pointe du saphir labourait l'œuvre originale, empruntant le plus court chemin d'un sillon à l'autre.

– C'est dommage, fit l'un des alcooliques qui s'accrochait au comptoir.

– Quoi? fit Fernande.

– L'état du tourne-disque. C'est dommage!

– Tout ça, c'est la faute à l'aut'e singe, marmonna-t-elle en désignant Charles du menton.

– Il marchait bien avant, insista l'ivrogne en s'adressant à Noblet. C'est le jour où Fernande a dansé la mort du cygne entre les tables du café que Charles s'est énervé... Faut vous dire, Monsieur, qu'elle était professionnelle, Fernande...

– Dans le rôle de Dumbo, elle a même eu du succès, insinua le patron.

– On t'a pas sonné, déclara l'artiste.

L'anecdote semblait la réjouir.

– Tant qu'elle a fait des pointes en balançant les bras, ç'a été, reprit le vieux. C'est quand elle a troussé ses jupes pour faire le grand écart qu'on a commencé à craindre pour sa santé, au pick-up... Rien qu'à voir la gueule de Charles, on sentait comme un malaise qui planait sur la musique... Et, tout à coup, on sait pas pourquoi, il a filé une grosse claque à l'appareil... Saint-Saëns est parti s'écraser entre Johnny Walker et Rémi Martin et c'est depuis ce temps-là qu'il déconne, le tourne-disque à Fernande.

Il marqua une pause, sirota son schnaps et précisa :

– N'empêche qu'elle avait du talent.

– C'est l'exode qu'a tout foutu par terre, confia la patronne. Sinon, j'en serais pas là. Vous êtes de la région?

– Oui, mentit le commissaire.

– Alors, vous avez dû connaître le Ballet du Rhin avant la guerre?

– Bien sûr! affirma-t-il.

– J'y ai débuté dans *Giselle* en 39. Ça vous en bouche un coin!

– Je vous ai peut-être applaudi, fit Noblet, enjôleur. A l'époque, j'allais voir tous les spectacles.

Confuse, Fernande corrigea sa coiffure et tenta de dissimuler son embonpoint en se redressant.

– Le monde est petit, minauda-t-elle.

– J'ai même connu une des ballerines, osa-t-il enfin sans trop savoir où cette fourberie allait le mener. Elle habitait dans le coin. Elle s'appelait... Attendez...

Il ferma les yeux et feignit de chercher dans sa mémoire un nom qui lui brûlait la langue.

– ... Denise... Denise Wechtler.

– C'est pas vrai! exulta Fernande.

– Vous la connaissez? s'étonna Noblet, hypocrite.

– Pour sûr que je l'ai connue, s'exclama l'ancienne danseuse, ravie. On peut même dire qu'on a été pendant longtemps comme les deux doigts de la main... Elle non plus, elle n'a pas eu de chance... Finir comme elle a fini!

– Elle est morte? fit Noblet, surpris.

– Un accident sur la voie ferrée, précisa Fernande. Effroyable! Ça remonte à douze ans.

Cette évocation la bouleversa soudain. Un petit verre de cognac lui fut nécessaire pour se ressaisir.

Elle posa son torchon sur une desserte, adressa un signe de tête complice à Noblet et s'esquiva sans donner d'explications. Intrigué, le commissaire lui emboîta le pas.

L'arrière-salle était sombre. Sur un support en fer forgé, un abat-jour en parchemin diffusait une lumière jaunâtre. Une table d'hôte « à l'ancienne » occupait le milieu de la pièce et, hormis un bahut gigantesque qui s'appuyait sur le mur du fond, rien n'altérait l'austérité du décor.

Fernande exhuma un vieil album.

– Là, vous la reconnaissez ? fit-elle en posant l'index sur une photo sépia.

Noblet acquiesça du bout des lèvres.

– Elle avait dix-neuf ans... Le moustachu qui la tient dans ses bras, c'est Germain Mayer, le garde-barrière.

– Son mari ? demanda Noblet.

Elle ignora la question, tourna la page et s'émerveilla sur une épreuve qui la représentait en tutu.

– C'était le bon temps !

– Pourquoi Denise a arrêté la danse ?

– Pour des raisons de santé, déclara-t-elle.

– Graves ? s'inquiéta le commissaire.

– Le genre de truc qu'on attrape sans le faire exprès et qu'on soigne en Suisse quand on a les moyens. Vous voyez ce que je veux dire ? fit-elle en s'arrondissant le ventre avec le plat de la main. Sans vouloir être médisante, faut avouer que, de ce côté-là, elle cherchait des emmerdements.

– Une vie dissolue, suggéra Noblet.

– Ah, complètement dissoute ! approuva Fernande. J'ai fait ce que j'ai pu pour l'aider. Quand on est revenus de Dordogne, après l'exode, elle a commencé à travailler ici. Charles venait d'hériter du bar. C'était juste avant qu'on se marie... Les clients ne manquaient pas. Les paysans allaient chez Irène. Les nôtres venaient plutôt de Bavière.

– Vous avez entretenu de bonnes relations avec les Allemands pendant la guerre?

– Je ne vois pas comment j'aurais pu faire autrement, rétorqua-t-elle. L'armée française leur avait ouvert les portes. J'étais mal placée pour les foutre dehors. Et puis, dans mon métier, on sert à boire et c'est pas de ma faute si tout le monde picole...

Elle eut un geste d'agacement et ne put s'empêcher de préciser :

– Mais je suis restée correcte.

– Et Denise?

– Denise, c'était autre chose. Elle était gentille avec tout le monde. Toujours aimable, toujours de bonne humeur mais elle avait son honneur à elle et y'en a au moins un ici qui lui doit la vie... Demandez à Bidus.

Elle désigna l'ancêtre qui s'abreuvait au comptoir, affecta un air secret et reprit sur le ton de la confidence :

– Le jour où les S.S. sont venus le chercher, celui-là, il était loin d'ici.

– Les nazis le cherchaient pourquoi? demanda le commissaire.

– Il est juif, déclara Fernande, et, à l'époque, Denise était bien placée pour avoir des renseignements... Elle en faisait profiter tout le monde... et je cause pas sans savoir. Vous pouvez vérifier. C'est le maire d'Offendorf, un gaulliste, qui me l'a dit.

– Je vous crois, convint Noblet, sincère.

– Elle a fait ce qu'elle a fait, Denise, reconnut Fernande, mais faut pas lui en vouloir. Côté civisme, y'en a quelques-uns à Babbeldorf qui sont mal placés pour lui jeter la pierre.

Elle s'interrompit un instant, jeta un coup d'œil dans la salle et raconta, à voix basse, comment Denise s'était entichée d'un officier allemand et comment les hommes du village s'étaient retrouvés témoins d'une histoire d'amour qui leur avait fait bouillir le sang.

– Je crois que c'est la jalousie qui a tout déclenché, opina-t-elle. En décembre 43, quand Germain Mayer, son prétendant, est parti pour le front, y'en a deux ou trois qui se sont sentis pousser des ailes. Vous voyez ce que je veux dire? Pendant une quinzaine de jours, ils se sont bousculés au comptoir pour assurer la succession... puis Gunter Köhl est arrivé et tout a basculé... A côté de lui, les autres ne faisaient pas le poids : Emile avec sa patte folle, le petit postier avec son air con et Frédéric Baas, le plus vicieux des trois. Il était simple gendarme avant la guerre. Il s'est retrouvé dans la Wehrmacht trois mois plus tard. Ça lui a fait les pieds!

Elle feuilleta son album et fixa une photo qui les représentait tous les trois, rigolards, suffisants et veules.

– A votre avis, lequel des trois est une ordure?

– Une ordure? fit Noblet, confondu par la virulence du terme.

– Oui, un salaud, confirma Fernande. Quel nom peut-on donner à un mouchard?

Le commissaire s'abstint de répondre.

– On aurait dû les pendre, dit-elle.

– Ou leur couper les mains, suggéra Noblet.

– Emile, s'exclama la patronne, surprise par l'allusion, il a toujours porté le chapeau mais, causer dans le dos des autres, c'était pas son genre.

Réfléchissez un peu. Un gendarme et un facteur, ça rentre partout...

Noblet éprouva une satisfaction soudaine. L'ancienne danseuse était une vraie mine de renseignements. Il demanda :

– Le petit lieutenant, qu'est-ce qu'il est devenu ?

– La Gestapo ne lui a pas fait de cadeau. Il a disparu un matin et on ne l'a plus jamais revu. Denise a eu le temps de s'enfuir. Elle est allée vivre à Strasbourg. Quand elle est revenue, en 46, la petite Aurore avait deux ans.

– Elle ressemble à son père ?

– Son père ! fit-elle, évasive. J'en connais au moins cinq qui se sont vantés de l'être. Les hommes sont tous des veaux.

– Et le garde-barrière ?

– Lui, au moins, il l'a reconnue officiellement quand il a épousé Denise. On n'a rien à lui reprocher...

– Assurément, convint Noblet.

– Excepté le jour où sa femme est morte... mais ça, c'est une autre histoire.

– Ça s'est passé comment ? s'enquit le commissaire, avide d'informations.

Elle haussa les épaules, esquissa un geste d'abandon comme si le simple fait d'évoquer cette tragédie était au-dessus de ses forces.

– Faut pas remuer le passé, opina-t-elle. Tôt ou tard, il finit toujours par vous sauter à la gorge.

– Je ne suis pas superstitieux.

– Moi non plus, admit-elle, souriante, mais le présent est déjà difficile à supporter. Ça sert à rien de bouleverser la marche du temps.

Elle ne manquait pas de bon sens, Fernande. Noblet la sentait prête à se confier mais elle n'était pas du genre à se livrer facilement. Elle pesait le pour et le contre, avançait à tâtons, plus à son aise dans la plaidoirie que dans la médisance.

– Je me demande comment elle a fait pour supporter tout ça? s'interrogea le commissaire, habile. Elle n'était pas faite pour vivre ici.

– Sa fille avait besoin d'un père, constata Fernande, et elle n'a pas choisi le plus mauvais cheval... Cela dit, quand on est planté à Babbeldorf pour le restant de ses jours, faut bien trouver un dérivatif. La plupart se noient dans l'alcool. Denise avait trouvé un autre moyen de s'enfuir. Chacun semblait s'accommoder de la situation jusqu'à Germain qui fermait les yeux... Puis, en 56, deux jours avant Noël, un homme est arrivé. Il ressemblait au petit lieutenant à s'y tromper...

D'après Fernande, ce jour-là, certains avaient cru voir apparaître un fantôme. En moins d'une heure, les vieux démons de la guerre avaient refait surface. Tout ce que chacun croyait avoir enfoui dans sa mémoire avait surgi soudain et un vent de panique avait soufflé sur le village. Ce soir-là, Denise avait décidé de quitter Babbeldorf, de larguer les amarres et de partir une bonne fois pour toutes.

– Qui était cet homme? demanda Noblet.

– Le frère de Gunter Köhl.

– Il venait régler des comptes?

– Non. Même pas, regretta Fernande. Il cherchait Denise pour lui donner une lettre. Il accomplissait une promesse qu'il avait faite à son frère.

– Vous avez une idée de ce qu'elle contenait?

– Non... mais ça devait être une bonne nouvelle.

– Les femmes sentent bien ces choses-là, insinua Noblet.

– C'est peu de le dire, se vanta l'ancienne danseuse. La dernière fois que je l'ai vue, Denise, il était 14 heures. Je lui avais prêté ma voiture pour qu'elle aille à la banque à Strasbourg. Elle se tenait là où vous êtes et elle riait... Elle riait... puis elle a dit : « Quand y'en a pour un, y'en a pour deux », mais je n'ai pas eu le courage de la suivre.

Elle tenta de contenir ses larmes mais ses yeux débordèrent de tristesse.

– On aurait dû quitter le village plus tôt, renaître ailleurs et vivre au jour le jour...

Elle referma l'album, s'essuya les paupières avec le revers de sa manche, regarda Noblet et ajouta :

– A force de chercher une chaussure à son pied, on finit souvent par marcher tout seul, pieds nus dans la nuit.

Le commissaire n'eut pas l'indélicatesse de continuer. Il s'en alla en baissant la tête, gêné d'avoir obtenu cette confession par traîtrise.

Ce soir-là, Noblet s'était endormi avec difficulté. Il espérait profiter de la nuit pour reprendre des forces, effacer les stigmates de l'accident mais, depuis minuit, une suite d'images hallucinantes perturbaient son sommeil et il se tordait sur son Dunlopillo comme sur un gril.

Cerné par une multitude de poulets vindicatifs, il suffoquait.

Il émergea une première fois vers une heure, victime d'une sudation maladive, transi par le courant d'air froid qui s'insinuait dans l'appartement par l'interstice de la fenêtre.

A peine rendormi, les gallinacés revinrent à l'attaque et il se précipita vers la ville pour échapper au lynchage. Courant à perdre haleine, louvoyant dans une brume rhénane, il espérait distancer ses poursuivants mais ses jambes refusaient de le porter et il s'enfonça dans un lacis de venelles pour reprendre sa respiration.

Le soulagement fut de courte durée.

La ville s'estompa soudain, laissant place à une voie ferrée rectiligne qui s'enfuyait vers le néant. Noblet trébucha sur une traverse, s'affala sur le granit, releva la tête, tenta de se redresser mais une force surnaturelle le clouait sur place. Là, à moins de cinquante mètres de l'endroit où il se trouvait, une jeune femme blême dansait la mort du cygne. Elle tournait le dos au danger et ne faisait aucun cas du rapide qui fonçait sur elle. Son visage ne trahissait aucune inquiétude.

Noblet hurla un avertissement puis il ferma les yeux.

La dernière image qu'il conserva des affres de la nuit fut celle d'un passage à niveau dont les barrières tranchantes tombaient comme des lames de guillotine.

Une sonnerie tonitruante le ramena à la réalité et il posa la main sur le combiné du téléphone.

– Commissaire Noblet, j'écoute, marmonna-t-il.

Ce qu'il entendit décupla son taux d'adrénaline. Il échappa à l'emprise du sommeil et demanda :

– Quelle heure est-il?

– Trois heures, fit une voix dans l'écouteur.

– Bon Dieu! Prévenez le juge Berthey et dites-lui que je me rends sur place immédiatement.

6

Mercredi des Cendres

Depuis 2 heures du matin, un brouillard à couper au couteau sclérosait la région et la gare de Sarrebourg avait disparu sous la nuée.

Quelques véhicules de police étaient garés face à l'entrée principale. Avec les premières lueurs de l'aube, la lumière jaune des phares s'était évanouie et, seul maintenant, l'éclat bleuté des feux gyroscopiques trouait encore la couche dense et opaque.

Les gendarmes qui sillonnaient la zone avaient perdu leur identité. Spectres fantomatiques, ils trottinaient de l'esplanade aux voies ferrées, attentifs au grondement des rapides qui surgissaient du brouillard comme d'une boîte à malice. On entendait, entre deux grésillements, les émetteurs de police débiter des messages sibyllins comme si, dans cette partie de cache-cache improvisée, chacun utilisait les ondes pour transgresser ses craintes.

– On ne trouvera jamais rien dans cette purée, maugréa une voix nasillarde au moment où Noblet pénétrait dans le hall.

– Vous cherchez quoi ? s'étonna-t-il.

– On n'en sait rien, répondit l'homme. Le diable peut-être ! Mais, à mon avis, il est moins con que nous. Ce matin, il a dû rester chez lui.

– Le juge Berthey est arrivé?

– Oui, monsieur. Tout le monde est là. On n'attend plus que le commissaire.

– Vous avez de la chance. C'est moi, claironna Noblet.

Le gendarme se mit au garde-à-vous et gratifia le policier d'un salut.

– Le préfet désire vous voir immédiatement.

– Qu'est-ce qu'il fait là?

– C'est rapport à la victime, monsieur...

– Qu'est-ce qu'elle a de particulier, la victime?

– C'est un de nos collègues, s'émut le brigadier. Il est du troisième district. La gendarmerie de Babbeldorf.

Noblet faillit s'étouffer.

– Le corps est encore là?

– Oui, commissaire. Dans un wagon sur une voie de garage, au bout du quai n° 1. Je vous accompagne. Vous ne trouverez jamais.

– Vous croyez? plaisanta Noblet.

– J'évoquais le brouillard, précisa le brigadier.

Le commissaire consulta sa montre. Il avait mis plus de deux heures à parcourir les 66 kilomètres qui le séparaient de Strasbourg. Un vrai calvaire! Il craignait maintenant d'être arrivé trop tard pour les premières constatations. Il ne mettait pas en doute la bonne volonté de ses collègues mais, comme depuis le début de l'affaire, chacun se bornait à évoquer la sorcellerie, il se méfiait des conclusions hâtives et redoutait, par-dessus tout, qu'on l'aiguillât, par négligence, sur une fausse piste.

C'est le juge Berthey qui l'accueillit.

– Ah! Mon bon commissaire, l'affaire se corse... La technique est la même, tout aussi invraisemblable, mais, cette fois, on a en prime un cadavre sur les bras. Si on ne retient pas la thèse de l'envoûtement, je ne vois que l'œuvre d'un génie criminel. Qu'est-ce que vous en pensez ?

– A cette heure-là, je pense rarement avant d'avoir bu un café, monsieur le juge.

Curtebœuf arrivait en traînant les pieds.

– Je ne comptais plus sur vous, observa Noblet.

– Excusez-moi, fit l'inspecteur. Faut une boussole pour retrouver la voiture.

Il présenta une bouteille Thermos sous le nez du commissaire puis s'adressa à Berthey :

– Vous en voulez un, monsieur le juge ? C'est ma femme qui le fait.

– Volontiers.

L'arôme du café fit saliver le commissaire. Il ne put s'empêcher de sourire. L'énervement dû à son retard se dissipa.

Entre les gobelets et le sac de sucre, Curtebœuf alignait les maladresses. Noblet savourait la scène.

– Vous n'oublierez pas le préfet, insinua-t-il.

– Bien sûr, s'empressa de répondre l'inspecteur qui voyait tarir son breuvage avec un petit pincement au cœur.

– Excellent, opina le juge. Vous féliciterez votre épouse.

– Heureusement que vous êtes là, Curtebœuf, ironisa Noblet. Sans vous, ma vie serait un calvaire.

Ils se dirigèrent tous les trois vers l'entrée du wagon.

– Vous avez l'identité de la victime ? demanda le commissaire.

– Oui, fit le juge. Il s'agit d'un certain Frédéric Baas. Brigadier de gendarmerie.

– Bon Dieu ! s'exclama Noblet. Il n'y a plus de doute. Les deux affaires sont liées.

– C'est la similitude des faits qui vous amène à cette conclusion ?

– Non, monsieur le juge. Il faut toujours se méfier des apparences. On a déjà vu des imitateurs de talent assassiner quelqu'un au bénéfice d'une opportunité. Rappelez-vous l'affaire Nerval !

– A cette époque-là, j'étais à Nantes, objecta le juge.

Noblet reprit :

– Toute la police de la région était à la recherche d'un maniaque sexuel. On l'avait baptisé l'étrangleur de la Meuse. Il opérait sur tout le département et on n'arrivait pas à le localiser. Cela a duré plus de six mois et, le jour où l'on a réussi à mettre la main dessus, on s'est aperçu qu'il avait un alibi en béton pour l'un des cinq meurtres qu'on lui reprochait... Un pharmacien de Metz avait profité des circonstances pour occire sa femme après avoir rempli, une dernière fois, son devoir conjugal.

Un léger rictus plissa la bouche du juge Berthey.

– Aujourd'hui le problème est différent, enchaîna le commissaire. C'est le passé des victimes qui m'incite à croire que les deux affaires n'en font qu'une.

Au moment où Noblet allait faire état de la confession de Fernande, le préfet fit irruption sur le quai.

Il n'avait pas la prestance de sa fonction. Petit, sec, le crâne dégarni, il s'exprimait en hachant ses phrases.

– Vous êtes venu à pied ? persifla-t-il en consultant sa montre. Avant de regagner Strasbourg, je tenais à vous féliciter pour votre prestation d'avant-hier. J'ai, depuis le début de ma carrière, décoré à titre posthume un certain nombre de vos collègues. Si, un jour, la chance vous abandonnait, j'aimerais autant que ce soit sur un terrain d'opération et non dans une basse-cour en état d'ivresse. Cela dit, faites travailler votre cervelle et démêlez-moi cet imbroglio avant la fin de la semaine.

– Je ferai l'impossible, monsieur le Préfet, assura le commissaire.

– Je crains que ça ne suffise pas, conclut le petit homme. Au revoir, cher ami, rajouta-t-il à l'intention de Berthey.

Fasciné, le juge regarda le préfet s'évanouir dans la brume.

– Bon! s'impatienta Noblet. On y va tout de suite ou on attend que le corps se décompose?

– Excusez-moi, murmura Berthey, absent.

Ils longèrent le couloir du wagon sur une dizaine de mètres. A la hauteur du cinquième compartiment, sept ou huit personnes s'affairaient, obstruant le passage.

– Merde! hurla un homme dont Noblet reconnut la voix. C'est pas un parc d'attractions. Laissez-nous travailler dix minutes.

– Si on continue à ce régime-là, maugréa quelqu'un qui devait appartenir au laboratoire de police judiciaire, on aura les empreintes de tous les flics de la région avant midi.

Le brigadier gisait sur la couchette supérieure. On avait dissimulé le corps sous une couverture écossaise. Une main indocile, ornée d'une chevalière, dépassait.

– Tout le monde dehors, ordonna Noblet.

Le médecin légiste esquissa un geste de repli en bougonnant.

– Non. Toi tu restes. J'ai besoin de tes services.

– Dans l'état où tu es, persifla le médecin, je ne

vois pas ce que je peux faire. C'est ta maîtresse qui t'a boxé ?

Noblet éluda la question.

– T'as déjeuné ? reprit le toubib.

– Non. Pas encore.

– Alors, viens voir.

Il découvrit la partie inférieure du cadavre et continua :

– Ça dépasse ce que l'on peut imaginer... Devine ce que c'est ?

Il exhiba un sac en nylon transparent dans lequel une masse charnelle indéfinissable collait aux parois.

Incrédule, Noblet détourna la tête et posa un regard dégoûté sur la plaie béante qui trouait le cadavre au niveau du pubis.

– On lui a fait la totale, observa le médecin, verge et testicules... Et tu sais pas la meilleure ?

– Non. Confie-toi, mon bon Jacob.

– Le pantalon était fermé et le tissu n'a pas été déchiré.

– Il y a une chose que je ne comprends pas, fit Noblet.

– S'il n'y en a qu'une, tu es bon pour l'agrégation.

– Tu veux dire qu'on a castré ton client sans dégrafer ses vêtements ?

– Il portait un slip sous son pantalon. Les organes génitaux étaient à leur place. L'incision a été pratiquée à la base. Tout ce que je peux affirmer, c'est qu'il n'a pas souffert. Il ne présente aucune marque de stress.

– La mort est due à l'hémorragie ?

– Exact ! Il s'est éteint comme un lampion qui manque de pétrole.

– Drogué ?

– Sans doute. On verra ça à l'autopsie.

– Tu commences quand?

– Il est sept heures, constata le médecin. Si je peux embarquer le corps maintenant, je te donne un rapport complet en début de soirée.

– Prends soin de lui, Jacob. Tu trouveras peut-être l'explication qui nous manque.

– Et toi, prends soin de toi, sinon un jour, tu finiras dans mon service.

– Tu as toujours eu le mot pour rire!

Au moment de quitter le compartiment, le médecin se retourna et dit :

– Le mort a dû se nourrir avant d'aller au ciel. Il y a des miettes qui croustillent sous mes chaussures.

Curtebœuf apparut dans l'encadrement de la porte.

– On n'est pas sorti de l'auberge! s'exclama-t-il. D'après le contrôleur, le témoin et la victime étaient enfermés dans le compartiment au moment du meurtre.

– Vous avez enregistré sa déposition?

– Non. Je lui ai demandé de vous attendre. Il fume une cigarette sur le quai.

– Il a raison, opina Noblet. Je vais faire la même chose.

Le regard de Curtebœuf fut attiré par la vitre sur laquelle des traînées blanchâtres révélaient une multitude d'empreintes. Pendant que le commissaire regagnait le couloir, l'inspecteur actionna la fenêtre.

– Bon dieu! hurla-t-il. Venez voir.

Pressé par le ton, Noblet effectua un demi-tour sur place.

– Regardez, continua Curtebœuf. Il y a une vieille pièce de cinq sous coincée dans le joint supérieur.

– A ce régime-là, vous allez vous enrichir, plaisanta le commissaire. Demandez à nos collègues du labo d'étudier la question... Moi, je vais voir le contrôleur.

Il descendit du wagon et alluma une Gauloise. L'air chargé d'embruns glacés le revivifia.

L'homme faisait les cent pas sous la marquise du quai n° 1 en grelottant. Conjugués à l'anxiété, le froid et la fatigue avaient eu raison de son organisme et il frissonnait en fumant sa cigarette.

– On réquisitionne un bureau? proposa le commissaire. Je ne veux pas être responsable de vos engelures.

L'homme acquiesça d'un signe de tête.

– Au point où j'en suis... fit-il.

La pièce était mal éclairée mais la chaleur dépassait les 18° C recommandés par l'administration.

– Par où je commence? demanda le contrôleur en s'asseyant.

– Autant que possible, par le début, conseilla Noblet. C'est déjà assez compliqué comme ça. Le train a quitté Strasbourg à quelle heure?

– A 0 h 12, précisa l'homme. C'est une vraie horloge. Il n'a jamais de retard.

– Vous avez remarqué la victime quand elle est montée dans le wagon?

– Non. Je l'ai vue un quart d'heure après le départ. Quand j'ai contrôlé son billet.

– Il y avait combien de passagers dans le compartiment?

– Il était seul.

– La dame qui occupait la couchette du milieu, est montée à quelle gare?

– Elle venait aussi de Strasbourg mais elle n'avait pas de réservation. Je l'ai mise là parce qu'il y avait de la place et j'ai verrouillé la porte.

– Pourquoi?

– Pourquoi quoi?

– Pourquoi avez-vous verrouillé la porte? s'étonna le commissaire.

– A cause des militaires. Ils attendent qu'on soit passé puis ils s'installent sur les couchettes libres. Comme on ne peut pas réveiller les clients toutes les cinq minutes pour vérifier, ils dorment gratis jusqu'à Paris.

– Comment font les passagers pour sortir?

– Ils peuvent ouvrir de l'intérieur. C'est un loquet à bascule.

– Qui vous a prévenu?

– Personne. J'étais dans la voiture 21. J'ai entendu hurler. Je suis venu immédiatement et j'ai trouvé une femme assise dans le couloir. Elle était en état de choc. Son visage et sa robe étaient couverts de sang. J'ai cru qu'on l'avait agressée. Pendant que je m'occupais d'elle, quelqu'un m'a dit qu'il y avait un cadavre dans le compartiment. Le train s'est arrêté à Sarrebourg. J'ai prévenu la police et on a dételé le wagon.

– Au moment où ça s'est passé? hasarda Noblet.

– Au moment où ça s'est passé? trancha le contrôleur excédé, je n'étais pas là. En revanche, je suis certain qu'ils étaient enfermés tous les deux. J'ai vérifié les portes moins de cinq minutes avant les hurlements de la dame.

– Je vous remercie, conclut le commissaire. Allez vous reposer maintenant. Vous passerez nous voir vers 17 heures, rue de la Nuée Bleue, à Strasbourg. On enregistrera votre déposition.

Soulagé, l'homme fit craquer ses articulations. Il avait revêtu sa veste de service et s'apprêtait à partir mais, satisfait du son de crécelle qu'il obtenait de ses jointures, il concentra son énergie et produisit un crépitement sec qui agaça le commissaire.

Curtebœuf pénétra dans le bureau en traînant les pieds. Il venait de faire le plein au buffet de la gare et portait sa bouteille Thermos comme une brassée de bois mort. Un courant d'air claqua la porte derrière lui et Noblet sursauta.

– Deuxième service, annonça l'inspecteur.

Irrité par le désossement répétitif du contrôleur, le commissaire maugréa :

– A chaque fois que vous entrez dans une pièce, Curtebœuf, j'ai l'impression qu'on me tire dessus.

– Excusez-moi, concéda l'inspecteur. Le juge vous attend. Le témoin est plutôt déconfit mais le médecin est en train de le remettre sur pied.

Il tendit à Noblet une feuille de papier qui précisait l'identité de la dame.

– Jusqu'à présent, c'est tout ce qu'on sait d'elle, déclara-t-il.

– J'y vais, fit Noblet.

La brasserie respirait la désuétude des établissements destinés à une clientèle de passage. Une atmosphère lourde et suffocante régnait dans la salle. Sur le sol, un carrelage grossier dessinait une rosace brune et blanche. Hormis quelques gravures ancestrales, couvertes de graisse, et une azalée rachitique qui finissait ses jours sur une crédence à côté de la porte des toilettes, rien n'égayait le décor.

Confinée dans un angle de la gargote, la brave dame semblait sous le coup de l'émotion. Elle avait largement dépassé la cinquantaine et arborait un couvre-chef confectionné par un artiste de la génération précédente. Assise en face du juge Berthey, elle pleurnichait en tremblotant. En d'autres circonstances, elle devait être coquette mais un désarroi lacrymogène avait dissous la colle de ses faux-cils qui traînaient sur un coin de table. Ses yeux lavés et rougis semblaient enfoncés dans leurs orbites et le petit verre de cognac que le juge tentait de lui faire ingurgiter n'avait pas eu raison de la pâleur de son teint.

Au moment où Noblet les rejoignit, elle chevrotait : « Mon-Dieu-fallait-que-ça-tombe-sur-moi ! »

Courtois, Berthey fit les présentations.

– Eugénie Beaumont... Je vous présente le commissaire chargé de l'enquête.

– Bonjour, madame, murmura Noblet comme s'il distribuait des condoléances.

– Mademoiselle, corrigea la vieille fille.

Puisqu'il lui restait assez d'énergie pour faire état de sa vertu, le commissaire estima que c'était bon signe. Il prit une chaise et s'accouda à la table.

– Vous m'interrompez si je me trompe, déclara-t-il sans préambule. Vous vous appelez Marie Eugénie Beaumont. Vous êtes née le 20 avril 1912 à Beauvais. Vous avez cinquante-six ans.

– Cinquante-cinq, précisa la demoiselle, outrée qu'on la vieillisse.

– Hier soir, quand vous êtes montée dans le train...

– C'était ce matin, rectifia Eugénie, insidieuse. Il était minuit douze.

Le commissaire se mordit les lèvres pour ne pas perdre son sang-froid.

– Qu'est-ce que vous alliez faire à Paris ?

– Ma vie privée ne vous regarde pas.

Eugénie était de mauvaise humeur. Ses mâchoires frémissaient. Noblet craignit un instant qu'elle ôtât son dentier. Elle n'en fit rien. Rasséréné par une gorgée de cognac, elle fronça les sourcils, grimaça en déglutissant et manifesta une certaine placidité, comme si l'alcool l'avait assommée.

– Je crois que ça restera le souvenir le plus atroce de toute mon existence.

– Quand vous êtes entrée dans le compartiment, reprit le commissaire, l'homme qui occupait la couchette supérieure faisait quoi?

– Il ronflait, déclara Eugénie.

– Vous n'avez rien remarqué de particulier?

– Non. Pourtant, je l'ai regardé attentivement. Il avait l'air correct, pas du genre à manquer de respect... Vous voyez ce que je veux dire? Une femme seule, sans défense...

– Avec un charme qui ne laisse pas indifférent, osa Noblet.

Flattée, elle fit disparaître le feutre archaïque qui la couvrait et dénoua ses cheveux bruns.

– Je ne comprends pas ce qui s'est passé, affirma-t-elle, anticipant la question du commissaire. Quand le contrôleur a fermé la porte, tout était normal.

– Les rideaux des fenêtres étaient baissés? demanda le juge.

– Oui. Même qu'il m'a fallu deux minutes pour m'accoutumer à la lumière de la veilleuse, assura Eugénie. J'ai préparé ma couchette et je me suis allongée tout de suite.

Elle se moucha sans discrétion, épongea ses narines et continua :

– J'ai dû sommeiller environ un quart d'heure avant d'ouvrir les yeux. Il y avait un léger courant d'air... Faut dire que je suis très sensible au froid. J'attrape des angines facilement, alors, j'ai remonté ma couverture. A ce moment-là, un train nous a croisés en sens inverse. Ça a secoué le wagon. J'ai reçu une goutte sur le bras et, je ne sais pas pourquoi, j'ai cru qu'il pleuvait. Puis c'est devenu un vrai déluge... J'ai pensé que mon voisin du dessus souffrait d'incontinence. (Elle baissa les yeux, confuse qu'une telle image ait pu naître dans son esprit.) Je me suis levée et j'ai allumé la lumière. L'homme avait la bouche grande ouverte et il ne ronflait plus... Quand je me suis aperçue que j'étais couverte de sang, je me suis affolée. J'ai essayé d'ouvrir la porte. J'ai cogné contre la vitre puis je me suis souvenue de ce que m'avait dit le contrôleur. J'ai déverrouillé le loquet et je me suis précipitée dans le couloir.

– A aucun moment vous n'avez quitté le compartiment ? demanda Noblet.

– Non, fit Eugénie.

– Et vous êtes certaine que personne n'est entré ? s'enquit le juge Berthey.

– J'ai le sommeil léger, confia-t-elle. Le bruit et la lumière du couloir m'auraient réveillée.

Le magistrat avait l'expression d'un joueur d'échecs qui vient de prendre un mat en trois coups.

– C'est incompréhensible, murmura-t-il. On a l'impression d'avoir à faire à un fou génial qui nous rejoue « le mystère de la chambre jaune ».

Déconcerté, Noblet conclut :

– Sur cette affaire, ce n'est pas un flic qu'il vous faut, monsieur le juge, c'est un magicien assisté d'un exorciste.

7

Mercredi des Cendres : 14 h

Une vague odeur d'éther à laquelle se mêlait le relent âpre d'un produit d'entretien chargeait l'atmosphère surchauffée de la clinique du Parc.

Noblet ôta son loden et se dirigea vers le standard.

Une blonde sirupeuse gloussait au téléphone. La manière empruntée avec laquelle elle gesticulait trahissait la très haute opinion qu'elle avait d'elle-même. Noblet s'accouda au comptoir mais la jeune femme sembla l'ignorer. Elle croisait et décroisait les jambes à un rythme frénétique, se laissait choir parfois sur le dossier du fauteuil, basculant en arrière son opulente chevelure d'or, mettant, par la même occasion, sa poitrine en valeur.

Noblet n'était pas insensible à son charme. Il toussota pour attirer son attention.

– Oui. C'est pourquoi? fit-elle, étonnée qu'on la dérange.

– Emile Schreiner, demanda Noblet.

– Vous êtes de la famille?

– Non. Je suis commissaire de police.

– Monsieur Schreiner est en réanimation. Je vous prie de patienter un instant, minauda-t-elle. J'appelle le Dr Schroeder.

Et pendant que Noblet s'éloignait vers le salon

d'accueil, l'hôtesse reprit sa conversation téléphonique.

Moins d'une minute après, le chirurgien apparut à l'angle du couloir. Il marchait à grandes enjambées et se dirigea vers Noblet sans hésitation.

– Je suis heureux de vous voir, annonça-t-il. On est passé à deux doigts de la catastrophe.

– Des complications ? s'enquit Noblet.

Le médecin hésita. La question semblait l'embarrasser. Il retira le stéthoscope qui pendait autour de son cou avant de répondre :

– Il a tenté de se suicider.

– Comment ? fit le commissaire, abasourdi.

– On se le demande ! Avec ses mains bandées, il est incapable de tenir un verre, et la boîte de neuroleptiques qu'on a retrouvée à côté de son lit ne provient pas de notre pharmacie.

– C'est une tentative de meurtre, maugréa Noblet.

– Impossible, objecta le Dr Schroeder. La prise de médicaments par voie orale nécessite la conscience du sujet.

– Alors, quelqu'un l'a aidé ?

– Certainement.

Noblet posa son loden sur une chaise de la salle d'attente et dévisagea le chirurgien.

– Votre clinique est un vrai moulin à vent, se plaignit-il.

– Je suis désolé, s'excusa le médecin. Je ne peux pas mettre un flic à chaque étage.

– Moi si, regretta le commissaire. Mais maintenant, c'est trop tard.

Bien qu'il affectât un détachement hautain, Noblet écumait de rage. Il ébaucha un geste de colère. Le toubib faillit faire les frais de son animosité mais il réussit à se contrôler.

– Que faisait l'infirmière de garde? demanda-t-il.

– Une urgence vers deux heures... A part ça, elle n'a pas quitté son service. Elle n'a vu personne après le départ du curé.

– Quel curé?

– Celui de Babbeldorf.

– Qu'est-ce que le curé de Babbeldorf venait foutre ici?

– Emile voulait se confesser.

– Bon Dieu! Vous m'aviez promis... explosa Noblet.

– Je vous avais promis que vous pourriez le voir aujourd'hui. Je ne pouvais pas deviner qu'il allait avaler une boîte de Valium après avoir reçu l'extrême-onction.

– Permettez-moi de vous rappeler que la police a priorité sur les ecclésiastiques, surtout dans une région où ils sont payés par l'Etat.

– Je ne peux pas refuser la présence d'un prêtre à un homme qui désire recevoir le sacrement des malades, se récria le Dr Schroeder. Pour le moral d'un convalescent, une messe en latin est parfois plus efficace qu'un cachet d'aspirine.

– Moi aussi, je peux absoudre, ironisa Noblet, surtout quand la confession fait avancer l'enquête. Dans mon métier, on appelle ça fermer les yeux.

– Je doute qu'un interrogatoire de police puisse avoir un effet curatif.

– Je ne voudrais pas vous contrarier, mais, avec le curé, point de vue moral, vous avez plutôt loupé votre coup.

– Rien n'est perdu, précisa le chirurgien. Il va dormir un jour ou deux sous surveillance et puis après, on verra...

– Et en attendant qu'il se réveille, trancha

Noblet, j'aurai peut-être un autre cadavre sur les bras.

Poussées par une brise légère, les giboulées cotonneuses se succédaient à intervalles réguliers et, sous la grisaille ambiante, l'église de Babbeldorf ressemblait à un conte de Noël.

La place du marché avait disparu sous une feutrine épaisse qui adoucissait tous les bruits. Stoïque sur son piédestal, le soldat du monument exhibait sa rhinite. Une stalactite de glace pointait au bout de son nez.

Noblet se dirigea vers le presbytère.

Un jardin le séparait de l'église. Avec la neige, il était difficile de savoir si le curé cultivait son potager.

« En cas d'absence, s'adresser à la boulangerie » précisait une pancarte écrite à la main. Noblet se demanda si les petits pains étaient bénits. Il tira sur le cordon d'appel et une clochette tintinnabula.

Quelques secondes plus tard, la porte d'entrée grinça sur ses gonds et une femme chétive apparut sur le perron. L'âge avait modelé sa colonne vertébrale et elle donnait l'impression de tendre le cou pour regarder devant elle. Elle plissa les paupières, essaya d'identifier l'intrus derrière le voile de neige, renonça à se déplacer et héla le commissaire.

– Entrez, monsieur. Le portail est ouvert.

Noblet contourna un massif arborescent, estima le chemin au jugé et se hâta vers la maison sans trop savoir s'il parcourait l'allée centrale ou s'il piétinait une plantation de carottes. Il s'ébroua sur le seuil et pénétra dans le vestibule. La demeure exhalait la douce odeur des confitures et de l'encaustique.

– Je ne sais pas ce qu'on a fait au bon Dieu mais, point de vue temps, il nous gâte pas, maugréa la petite bonne. Vous voulez voir monsieur le curé ?

– Si toutefois, c'est possible, hasarda Noblet.

– Oh ! Je ne vois pas en quoi ça le dérangerait, affirma la bonne qui semblait gérer l'emploi du temps du prêtre, mais il faudra l'attendre. Aujourd'hui, c'est mercredi des Cendres. Il est à l'église jusqu'à 17 heures avec les enfants du catéchisme.

Le commissaire consulta sa montre et se résigna.

La vieille dame jaugea d'un coup d'œil l'honorabilité de son hôte puis elle l'invita à pénétrer dans la cuisine. Elle se dirigea vers un buffet gigantesque d'où elle sortit deux tasses et une bouteille ovale dans laquelle une poire séjournait depuis longtemps, à en croire la couleur du fruit.

– Vous prendrez bien un café ? murmura-t-elle. Je viens juste de le faire.

– Volontiers, fit Noblet.

– Monsieur le curé en boit au moins deux litres par jour. Ça lui met les nerfs en boule...

Un peu dure d'oreille, la vieille dame soliloquait, traînant ses pantoufles du fourneau à la table.

– ... Pendant le carême, il supprime le sucre mais ça ne change pas le problème. Avec son ulcère... Vous savez ce que c'est ! Les hommes sont têtus... Le seul médicament qu'ils connaissent, c'est le schnaps... Le schnaps est un don du ciel mais faut pas en abuser... Vous aimez le schnaps, monsieur ?

– Il m'arrive d'en boire, avoua Noblet.

– Alors, faudra goûter celui-là, fit-elle en désignant la bouteille. C'est du vrai, du pas trafiqué. Il fouette le sang... Par des temps pareils, c'est nécessaire. Ça dépend du métier que vous faites ?

– Je suis commissaire de police.
– Ah! se réjouit-elle. C'est vous qui avez défoncé le poulailler des Winckler. (Elle jeta un coup d'œil au breuvage incriminé.) On ne parle que de vous ici. Vous enquêtez sur la mort du pauvre gendarme?
Noblet confirma d'un signe de tête.
– Quel malheur! continua-t-elle. Les gens sont vraiment méchants. Quand je pense que je l'ai connu pas plus grand que ça. (Elle porta la main au niveau de la table.) Je vous parle de ça, y'a quarante ans...
– Vous avez toujours habité le village? demanda Noblet.
– Pardon, fit-elle en tendant l'oreille.
Le commissaire répéta sa question.
– Je suis née ici, affirma la vieille dame. Mon mari était boulanger. C'est mon fils qui a pris la succession et moi, je m'occupe de monsieur le curé. J'arrange l'autel... je me rends utile.
– Vous connaissez tout le monde?
– Pour sûr! Je les ai tous vus grandir.
– Vous vous souvenez de Denise Mayer?
– Ah! Denise, s'exclama la vieille dame. Elle avait le diable dans la peau celle-là, mais c'était une brave fille. Je suis sûre que Dieu lui a pardonné.
– Le soir de l'accident, vous étiez là?
– Oui. Je suis même allée sur place avec monsieur le curé... C'était pas beau à voir! La guerre nous avait habitués aux horreurs... mais là, ça dépassait le supportable. La petite Aurore faisait pitié. Elle était seule... Je veux dire, seule de sa famille. Quand on est arrivés, Frédéric Baas s'occupait d'elle. Il était un peu moins soûl que les autres.
– Le garde-barrière n'était pas là?

– Oh ! Lui, quand il est apparu, les pompiers avaient déjà enlevé le corps...

Elle hésita un instant et rajouta :

– Ce soir-là, tous les hommes semblaient dans le même état. C'est une drôle de manière de préparer Noël.

– Vous saviez que Denise allait quitter son mari ? hurla Noblet pour éviter la répétition.

– Ne criez pas comme ça, se plaignit la petite bonne. J' suis pas sourde.

Elle fronça les sourcils.

– Le quitter ? s'interrogea-t-elle. Pour aller où ?

Un courant d'air gonfla le rideau de la fenêtre. La porte d'entrée miaula.

– Brrr ! fit une voix de baryton dans le vestibule. Quel temps de chien !

Le père Helmlingen dégrafa sa pèlerine, secoua son béret, battit ses semelles sur le paillasson et interpella la vieille dame :

– Ma bonne amie, vous appellerez la mairie avant 18 heures. Le chauffage de l'église est encore en panne.

Son visage rubicond tranchait avec la blancheur de ses cheveux. Il aperçut le commissaire, lui accorda un sourire jovial et s'élança vers la bouteille de schnaps.

– Vous permettez, fit-il en se versant une rasade d'alcool, c'est pour la bonne cause.

Noblet se garda d'en tirer une conclusion hâtive et murmura un « je vous en prie » à peine audible.

– Monsieur est le commissaire qui... commença la petite bonne.

– Ah ! C'est vous... s'extasia le titulaire de la paroisse sans préciser sa pensée. Votre ange gardien fait des prouesses.

– Il est très vigilant, reconnut Noblet, mais j'aimerais qu'il intervienne avant les catastrophes.

Le prêtre éclata de rire.

– Vous prenez Dieu pour une assurance tous risques.

– Non, concéda le commissaire, mais en ce moment, j'ai besoin de ses services.

– Suivez-moi jusqu'à la bibliothèque, suggéra le vieux prêtre. C'est le seul endroit de la maison où je trouve encore un peu de sérénité. En hiver, l'église n'est guère plus agréable qu'un congélateur.

Dans la bouche du vieil homme, « bibliothèque » n'était pas un vain mot. Des rayonnages impressionnants s'étalaient sur plusieurs niveaux, réduisant l'espace à une dimension cellulaire. Une petite fenêtre ouvrait sur le jardin et un bureau rudimentaire siégeait au centre de la pièce sur un tapis dont on lisait la trame.

Le prêtre désigna au commissaire un fauteuil de velours grenat et se réserva une chaise de paille, par humilité.

Le regard de Noblet fut attiré par un piège minuscule dans lequel une souris s'était immiscée.

– Les rongeurs! s'exclama l'ecclésiastique. Ce sont de grands consommateurs de papier. Ils vous dévorent un livre en moins de temps qu'il ne faut pour le dire. L'année dernière, ils ont réduit Zola à sa plus simple expression. Je craignais qu'ils ne s'attaquent à Proust avant le printemps et j'ai décidé de limiter leur enthousiasme. L'équilibre de la nature est souvent cruel.

– Justement, à propos de cruauté, commença Noblet.

– Oh! Je devine ce qui vous amène, anticipa le

curé, mais je crains de ne pas pouvoir vous être d'un grand secours.

– Rien de très confidentiel, tempéra Noblet. Juste quelques éclaircissements à propos d'Emile Schreiner. Vous l'avez rencontré hier soir ?

– Oui, confirma le vieux prêtre. Je lui ai donné le sacrement des malades.

– Savez-vous ce qu'il a fait après votre départ ?

– C'est regrettable, soupira-t-il. Au cours de la conversation, il m'avait fait part de ses errances, de ses craintes et j'avais tenté de le raisonner, de lui expliquer que, quels que soient ses péchés, Dieu n'éprouvait pas la nécessité de se venger, que le Seigneur, au contraire, était un être d'amour, de pardon et que...

– Oui, je sais, coupa Noblet. J'ai fait toutes mes études chez les Jésuites. Je voudrais savoir s'il considère sa mutilation comme un châtiment ?

– Un châtiment ? s'étonna l'ecclésiastique.

– Est-ce qu'il estime avoir commis un acte qui lui vaudrait un tel supplice ?

– Je regrette, s'excusa le prêtre. La justice temporelle ne fait pas bon ménage avec la justice divine. Sans la loi du silence, le sacrement de pénitence n'existe pas.

– A partir de combien de morts vous commencerez à m'aider ?

– Je vous trouve injurieux, commissaire.

– Et si j'intercède pour faire lever le secret de la confession ?

– Vous pouvez intercéder auprès de qui vous voulez. Ça ne changera pas ma détermination.

– Pourquoi ?

Le vieux prêtre sembla empreint d'une lassitude soudaine.

– Avec l'aide de Dieu, j'essaie de comprendre les hommes, commissaire. Je les écoute. Je ne les juge pas... Et c'est pour ça qu'ils se confient à moi et c'est pour ça que je leur pardonne... Nos missions sont contradictoires. Je cherche le repentir et vous cherchez la condamnation. On sort de chez moi l'âme en paix, commissaire. Dès qu'on entre chez vous, on perd sa candeur.

– Ecoutez, mon père, je ne voudrais pas vous paraître désobligeant. J'aimerais quand même vous rappeler que l'église n'a pas toujours fait preuve de clémence au cours de son histoire. Je peux vous assurer qu'à côté d'un moine inquisiteur, un policier est un enfant de Marie.

– L'Eglise évolue avec les hommes, opina le vieux prêtre.

– Je la trouve plutôt archaïque, votre Eglise, contesta Noblet.

– Je crois, monsieur, que vous attribuez à mon ministère plus d'importance qu'il n'en a. Je ne suis pas dépositaire de secrets particuliers et rien de ce que m'a confié Emile Schreiner ne peut résoudre votre problème.

– Je suis seul juge en la matière.

– A moins que... hésita le prêtre.

– Oui, fit Noblet, intéressé.

– On entend tellement d'histoires saugrenues dans un confessionnal qu'à la longue, on n'y prête plus beaucoup d'attention, s'excusa l'ecclésiastique. Toutefois, une chose m'a surpris et je peux vous la révéler sans trahir un secret...

Pour ménager son effet, le vieux curé se versa une rasade de schnaps.

– ... Au moment où il me faisait part de ses fautes, Emile m'a dit : « Dieu en a déjà puni un. » J'ai cru déceler dans son propos que la vengeance divine allait se perpétrer... Alors, je lui ai posé la question et il m'a répondu : « Les deux autres n'ont aucune chance. »

– Les deux autres qui? explosa Noblet.

Le père Helmlingen porta les yeux au ciel.

– Pour Baas, Emile avait raison, reconnut le commissaire. Alors, à votre avis, qui sera le troisième?

– Je n'en sais rien, avoua le vieux prêtre. Emile a confessé ses péchés, pas ceux d'autrui.

Quand il quitta le presbytère, Noblet était découragé. Il avait maintenant la certitude d'être à la veille d'un nouveau crime et ce fait n'avait de cesse de le tourmenter.

Que s'était-il passé à Babbeldorf l'avant-veille de Noël 56? Qu'avaient fait Emile Schreiner, Frédéric Baas et le troisième homme? Qui leur en voulait au point de se venger douze ans après d'une manière aussi machiavélique? Et, comment procédait l'assassin? Car le diable, dans cette affaire, n'avait pas grand-chose à voir.

Luttant contre les bourrasques de neige, le commissaire pressait le pas vers sa voiture. Il avait courbé l'échine et avançait droit devant lui, absorbé par ses réflexions. En débouchant sur la place, il percuta Fernande. Surprise, l'ancienne danseuse laissa échapper son sac et un kilo de mandarines se répandit sur la poudreuse.

– Décidément, fit-elle. On est faits pour se rencontrer.

– Excusez-moi, marmonna Noblet en ramassant les fruits.

Il aurait voulu échapper ne fût-ce qu'un instant à son identité mais le gardien de la paix qui s'était précipité vers l'incident était déjà à ses côtés.

– Je vous en prie, commissaire. Laissez ça, clama-t-il. Je m'en occupe.

Noblet le fusilla du regard mais le mal était fait. Fernande avait eu un haut-le-cœur à l'énoncé du grade. Penaud, il haussa les épaules et confessa :

– Je n'ai jamais vu les ballets du Rhin. Je suis désolé... Pour une fois que ma tête plaidait en ma faveur...

– Y' a pas de sot métier, opina-t-elle.

Elle était sensible, Fernande. Ses yeux avaient rougi. Elle proposa à Noblet un regard chargé d'amertume et, pendant qu'il s'éloignait vers sa voiture, elle ajouta :

– Je n'ai jamais eu de chance dans la vie. A chaque fois que j'ai rencontré un homme un peu moins con que les autres, il n'était pas fréquentable.

Noblet venait de recevoir le résultat de l'autopsie et le rapport du laboratoire, une dizaine de pages que Piaget et Curtebœuf s'étaient empressés de lire.

Depuis une vingtaine de minutes, ils planchaient tous les trois sur le dossier, fascinés par le contenu de l'estomac de la victime.

– C'est comment, les spaghettis à la carbonara? demanda Piaget.

– Facile! s'exclama Curtebœuf. Tu fais revenir des petits lardons dans une poêle. Tu déglaces avec de la crème fraîche. Tu rajoutes un soupçon de noix de muscade et tu sers le tout avec un jaune d'œuf.

Il hésita un instant et reprit :

– La dose de Valium, moi, je la mettrais dans le parmesan. C'est blanc, assez relevé et chacun prend ce qu'il veut. Ça dépend des goûts.

– Beurk! maugréa Noblet, indisposé par l'image répugnante qui encombrait son esprit. Ça fait combien de temps que vous n'avez pas fréquenté une salle d'autopsie?

– Deux ans, avoua l'inspecteur.

– A l'occasion, jetez un coup d'œil sur une ponction gastrique. Offrez-vous l'analyse du bœuf en daube. C'est édifiant ! Ça réduit l'art culinaire à une pâtée pour chien.

Curtebœuf grimaça. Il baissa la tête et feuilleta le dossier qu'il tenait à la main.

– J'ai oublié de vous dire... Baas se rendait à Paris pour visiter la tour Eiffel.

– Vous plaisantez ? fit Noblet.

– Non. On a retrouvé une lettre sur lui.

– D'où provenait-elle ?

– Aucune idée. Il n'y avait pas d'enveloppe mais le texte laisse supposer qu'il ne voyageait pas seul.

– Est-ce que certaines phrases vous permettent d'en identifier l'auteur ?

– Non... C'est un tissu de banalités.

– Et la signature ?

– Elle est illisible.

– Alors, donnez-la aux experts et demandez une étude graphologique. Au point où on en est, il ne faut rien négliger.

Les trois hommes concentrèrent leur attention sur le rapport de la police scientifique. Ils restèrent ainsi quelques minutes à réfléchir, plongés dans un mutisme qu'aucun d'eux n'osait transgresser. Noblet alluma une cigarette et se laissa aller contre le dossier de son fauteuil. Il avait beau fournir un effort, analyser les faits, comparer les éléments du dossier, il ne parvenait pas à trouver une explication tangible. Il se redressa subitement et commença à sillonner la pièce.

– Bon Dieu ! s'exclama-t-il. On n'avance pas.

– Je vous trouve pessimiste, commissaire, allégua le stagiaire. Le rapport du labo nous permet au moins de comprendre le mécanisme du crime.

– Vous m'épatez, fit Noblet, incrédule.

– J'ai une idée, osa-t-il. Je ne sais pas ce qu'elle vaut mais j'ai l'impression qu'elle tient la route.

– Ménage-toi quand même, plaisanta Curtebœuf.

– Tout est là, insista le jeune homme en désignant les feuilles dactylographiées.

– Alors, n'hésitez pas, fit Noblet. Faites-nous part de vos réflexions. Montrez-nous comment fonctionne un cerveau formé à l'école de police.

Piaget corrigea la position négligée qu'il avait sur sa chaise, se passa une main dans les cheveux et prit sa respiration.

– Le médecin légiste pense que la victime a été castrée par un collet semblable à ceux que fabriquent les braconniers : fil d'acier fin et nœud coulant. L'étude de la plaie le conduit à cette conclusion.

– Je sais lire, fit Noblet.

– Quand on juxtapose tous les éléments du dossier, on peut établir le trajet du fil. Le cadavre porte une estafilade de dix centimètres sur le sterno-cléïdo-mastoïdien. L'entaille va de la clavicule au lobule de l'oreille droite. Nos collègues du labo ont relevé une marque similaire sur le montant extérieur de la fenêtre, là où Curtebœuf a trouvé la pièce de cinq sous... Baas était allongé sur le dos, donc le fil d'acier qui sortait de son pantalon longeait son corps et se dirigeait vers le côté droit de la fenêtre...

– Le train roulait à 110 km/h, mon petit Piaget. L'assassin ne pouvait donc opérer que du compartiment contigu... C'est invraisemblable !

– J'ai déjà étudié la question, se lamenta Curtebœuf. Cette piste ne mène à rien. Il y avait quatre personnes dans le compartiment voisin : un journaliste, deux étudiants et une vieille dame. La grand-mère s'est endormie dès le départ du train et les trois autres ont discuté jusqu'au moment où Eugénie Beaumont a hurlé. Le journaliste est sorti cinq minutes pour fumer une cigarette dans le couloir et je vois mal les deux autres profiter de ce laps de temps pour trucider un gendarme, en passant un fil de fer par la fenêtre.

– C'est là qu'intervient mon idée, expliqua le stagiaire. Qu'est-ce qu'il y a au bout du fil pour que le système fonctionne?

Ravi de l'intérêt qu'on lui manifestait soudain, Piaget laissa planer un long silence et alluma une cigarette.

– Et alors, fit Noblet, impatient.

– Un grappin, déclara le stagiaire. Un grappin léger qui pend à l'extérieur de la voiture, le long de la paroi. C'est la seule solution. Dans un cas comme dans l'autre, le piège s'est déclenché pendant le croisement des trains. Comme la distance qui les sépare est inférieure à un mètre, avec les turbulences de sillage, l'engin a peu de chance de ne pas s'accrocher quelque part.

– Bon Dieu! s'exclama Curtebœuf. Un grappin!

– C'est très intéressant, reconnut le commissaire, mais il y a quelque chose qui m'échappe dans votre démonstration. Le poids de l'objet devait tirailler les victimes?

– Il suffisait de bloquer le fil en fermant la fenêtre, remarqua Curtebœuf.

– Dans ce cas-là, le piège n'aurait pas fonctionné. Pendant le croisement, le fil n'aurait pas résisté à la tension ou la vitre aurait volé en éclats... (Piaget exulta.) C'est là qu'entre en jeu la pièce de cinq sous. Coincée dans le joint de la fenêtre, elle en interdisait la fermeture totale. Le fil n'était pas inclus dans le logement de la vitre. Il ne tenait que par simple pression sur les joints de caoutchouc.

– Si on arrive à prouver ça, confia Noblet, vous êtes inspecteur principal l'année prochaine.

– Le système est enfantin, reprit le jeune homme, porté par l'enthousiasme. Il faut moins de quinze secondes pour le rendre opérationnel. Dans le cas d'Emile, il suffisait de fermer la fenêtre et de lui placer le collet autour des mains. C'est un geste rapide qui n'attire pas l'attention. Le pauvre bougre était déjà assommé par l'alcool. Quant à Baas, le Valium l'avait anesthésié... et ce genre de fil très fin est invisible dans la pénombre.

– Je connais des moyens plus efficaces pour supprimer ses ennemis, prétendit Curtebœuf.

– Celui-là a le mérite d'être ingénieux, objecta Piaget. La méthode présente des avantages. Quand le piège se déclenche, l'assassin est loin de son crime... mais la technique n'est pas fiable à cent pour cent. La victime a une chance de s'en sortir.

– C'est le jugement de Dieu, opina le commissaire. Si le condamné s'en sort, il est gracié.

– Oui mais pourquoi les testicules? demanda Curtebœuf.

– Depuis le début de l'enquête, je cherche à savoir ce qu'ont pu faire les mains d'Emile, fit Noblet. Pour Baas, la réponse est évidente. Le membre qu'on lui a amputé n'a pas trente-six fonctions... Il s'agit, sans doute, d'une sombre histoire de fesses.

Le commissaire resserra sa cravate et enfila sa veste.

– Pour demain, on se partage le travail, déclara-t-il. Curtebœuf...

– Oui, fit l'inspecteur, absent.

– Vous fouillez dans la vie de Baas. Vous exhumez ses conquêtes. Vous essayez de savoir s'il avait une maîtresse...

– Bonjour le problème, maugréa-t-il.

Noblet ignora la remarque et enchaîna :

– Faites établir par les gendarmes la liste de tous les braconniers de la région et interrogez Jules Schwartz. C'est le facteur. Moi, je demande qu'on mette un peloton de C.R.S. à notre disposition. On effectue un ratissage général du secteur. On passe les voies au peigne fin... Il faudrait qu'on puisse localiser le point de croisement des trains pour limiter les recherches... Tant qu'on n'aura pas retrouvé ce foutu grappin, mon petit Piaget, votre démonstration ne sera qu'un exercice intellectuel.

8

Jeudi : 1er jour de Carême

Ce matin-là, Piaget était arrivé de bonne heure au commissariat. Une rude journée l'attendait. La perspective de prouver ses assertions avait décuplé son énergie et, si ce n'était ce problème d'arithmétique que le patron lui avait demandé de résoudre, rien n'aurait altéré son enthousiasme.

« Deux trains circulent en sens inverse sur une distance de 66 kilomètres. L'un quitte Strasbourg à minuit douze, l'autre la gare de Sarrebourg à minuit vingt-quatre. Les deux trains roulent à la vitesse moyenne de 110 km/h. A quelle distance de leur point de départ se croiseront-ils ? »

Piaget mordillait l'extrémité de son stylo. Il avait gardé de l'école communale un souvenir consternant, savant mélange d'inhibitions et de brimades qui avaient affecté son sens inné de la logique. Le meilleur psychiatre n'aurait pas eu raison de son état. Lui, si prompt à résoudre les énigmes les plus complexes, éprouvait la hantise des nombres. Il avait beau se concentrer sur l'énoncé du problème, faire appel à ses connaissances, implorer le ciel pour qu'il lui vienne en aide, rien n'y faisait. Le texte dansait devant ses yeux et il était incapable de maîtriser cette sarabande.

Curtebœuf semblait logé à la même enseigne.

– Bon Dieu ! fit-il. C'est infernal ! Mes trains ne se croisent jamais au même endroit.

– Faites un effort, protesta Noblet. On ne passera pas toute la journée là-dessus. N'est-ce pas, Piaget ?

– Ben ! Ça dépend... hésita-t-il.

Une main décidée poussa la porte du bureau et un gardien de la paix fit irruption dans la pièce.

Sauvé par le gong, le jeune stagiaire s'affaissa dans son fauteuil.

– Commissaire, dit l'agent, les deux trains se croisent à 44 kilomètres de Strasbourg, 24 minutes après le départ de celui qui va à Paris.

– Vous avez fait comment ? s'enquit Curtebœuf.

– J'ai téléphoné à mon beau-frère. Il est cheminot.

– Félicitations, claironna Noblet. Je vous revaudrai ça.

Piaget avait déplié une carte de la région. Son index suivait le tracé de la voie ferrée. Il additionnait mentalement les kilomètres et revenait à Strasbourg quand l'opération dépassait ce que sa mémoire des chiffres pouvait supporter.

– C'est à trois kilomètres du sud de Saverne, précisa-t-il.

– Avant ou après le tunnel ? demanda le commissaire.

– En plein dedans, monsieur.

– Il ne manquait plus que ça, explosa Noblet. Autant chercher une aiguille dans une botte de foin.

Il décrocha le combiné du téléphone et pianota sur le clavier.

– J'appelle le juge. On bloque la circulation dans les deux sens pendant une heure et demie. (Il s'adressa à Piaget.) Vous donnerez rendez-vous aux C.R.S. à la gare de Saverne et vous dirigerez les recherches.

– D'accord, fit le stagiaire, ravi.

– Allô, monsieur le juge? continua Noblet.

Et pendant qu'il faisait le point de l'enquête avec le magistrat, Piaget interpella Curtebœuf.

– On taquine la choucroute ce soir à la Wurtzmühle avec quelques copains. Tu viens avec nous?

– Non. Ce soir je ne peux pas.

– Je pense à une chose... marmonna le jeune homme.

– Dis toujours.

– La victime devait connaître son assassin.

– Qu'est-ce qui te fait penser ça?

– Les spaghettis. Ils ont dû dîner ensemble avant de prendre le train.

– Ne parle pas de malheur!

– Pourquoi?

– Ça va nous obliger à visiter tous les restaurants italiens de la région.

– ... au revoir, monsieur le juge, conclut Noblet.

Il posa le combiné sur son support et continua :

– On a une commission rogatoire pour midi. Berthey s'arrange avec la direction de la S.N.C.F. pour que l'on ne perturbe pas le trafic trop longtemps... Curtebœuf, vous n'oubliez pas le facteur.

– Je ne pense qu'à ça, fit l'inspecteur.

– Et on convoque le garde-barrière en fin d'après-midi. Il faut qu'on lui tire les vers du nez avant d'aller dormir.

L'imposture tient souvent de la méthode Coué : Jules Schwartz était poète.

Depuis vingt ans qu'il se commettait dans l'écriture, le facteur de Babbeldorf avait nourri une haine farouche pour tous les habitants. Leur prosaïsme lui montait à la gorge comme une nausée.

Chaque matin, il s'en allait de son allure bonhomme, la tête haute, cherchant son parnasse sur les chemins de campagne, lorgnant les boîtes aux lettres avec un brin de condescendance.

Jules détestait Babbeldorf et Babbeldorf le lui rendait bien.

Le facteur avait élu domicile à l'écart de la ville, sur la route de Gamsheim. Le bois de Gries lui servait d'écran. De la fenêtre de sa chambre, l'été, même le clocher disparaissait derrière les feuillages.

A l'extérieur, quelques nains de terre cuite bassinaient dans une eau croupissante, les pieds pris dans la glace.

Curtebœuf contourna le bassin, pressa le bouton de la sonnette et se rongea l'ongle du pouce. Un carillon à cinq tons entonna le chant du départ. C'était mauvais signe.

La porte d'entrée s'entrebâilla et un œil curieux bornoya par l'interstice.

– C'est pourquoi?

– Police, fit Curtebœuf en glissant sa carte par la fente.

– On n'a rien à se reprocher, affirma la femme du facteur.

– Je fais une enquête sur... commença l'inspecteur.

– Et moi, je fais des terrines, trancha Emilienne.

– Ça ne vous empêche pas de parler, opina Curtebœuf.

La porte s'ouvrit.

D'emblée, en voyant la muse du facteur, Curtebœuf redouta ses œuvres. La poésie ne semblait pas avoir déteint sur son entourage. Emilienne s'exprimait avec l'accent des faubourgs.

Courte sur pattes, rousse et échevelée, elle dissimulait son embonpoint sous une blouse étriquée. Sa poitrine ondoyait sous le tissu. Quand elle se retourna pour aller vers le fourneau, Curtebœuf remarqua que l'envers du décor oscillait à contretemps.

– Faut que je continue de touiller, précisa-t-elle. Sinon, le pâté colle au fond de la bassine.

– Je vous en prie, touillez ! consentit l'inspecteur en sortant son calepin. Votre mari n'est pas là ?

– Non. Il fait sa tournée du matin. Il rentre à midi.

– Ça ne vous dérange pas si je l'attends ?

– Faites comme chez vous, marmonna-t-elle.

Curtebœuf avança une chaise, passa un coup d'éponge sur la toile cirée et s'attabla.

– Qu'est-ce que vous faisiez mardi soir ?

– Je dormais, s'exclama-t-elle, choquée par la question. J'ai passé l'âge de faire des galipettes.

– Et votre mari ?

– Il écrit toujours un peu avant de se coucher.

– Il vous a rejointe à quelle heure ?

– Mardi, je ne l'ai pas entendu monter, reconnut Emilienne.

– Vous faites chambre à part ?

– Non. Je mets des boules Quiès. Il ronfle comme un fourneau.

– Vous ne pouvez pas affirmer que votre mari a passé toute la nuit chez vous ?

– Où voulez-vous qu'il aille ?

– Voir des copains d'enfance.

– Ses copains ! C'est tous des alcooliques. Ça fait longtemps qu'il ne les fréquente plus.

– On m'a montré une photo sur laquelle il posait entre Emile Schreiner et Frédéric Baas, mentit Curtebœuf.

– C'était avant l'exode.

– Vous en êtes sûre ?

– Certaine, confirma-t-elle. Depuis la mort de ses parents, Jules n'a pas bu une goutte d'alcool.

– Vous avez connu Denise Mayer ?

– Pour sûr ! On était dans la même classe.

– Elle était sympathique ?

– Non. A c't époque-là, on lui aurait donné le bon Dieu sans confession mais c'était déjà une sacrée garce.

– Vous ne l'aimiez pas ?

– Elle n'avait rien à foutre ici... Quand on a 20 ans et qu'on ne sait faire que le grand écart, on n'a aucun avenir dans la région, opina Emilienne. Les hommes sont parfois séduits par la performance mais on l'exécute rarement sur scène... Si vous voyez ce que je veux dire ?

– Je vois, fit Curtebœuf. Votre mari n'a jamais été séduit par...

– Je ne suis pas du genre à me faire doubler par une coucouniasse, trancha Emilienne. Et Jules, côté gaudriole, il a toujours eu son compte. C'était pas la peine qu'il aille chercher ailleurs... A Babbeldorf, c'était pas le cas de tout le monde... et je cause pas sans savoir.

– Les facteurs sont des gens bien informés, reconnut l'inspecteur.

– Je n' vous le fais pas dire !

Un train passa à proximité de la maison. L'inspecteur dut attendre que le vacarme s'estompe pour reprendre la conversation.

– Vos fenêtres donnent sur la voie ferrée, s'étonna-t-il.
– La ligne passe au bout du jardin, confirma-t-elle.
Curtebœuf essaya de se remémorer le plan de Babbeldorf.
– Le passage à niveau est loin d'ici ?
– Deux cents mètres à vol d'oiseau. Par la route, il faut contourner le village.
– Vous êtes voisins avec les Mayer ?
– C'est une manière de voir les choses !
– Le soir de l'accident, vous étiez aux premières loges.
– Je ne suis pas sortie, fit-elle confuse.
– Vous vous souvenez de ce que faisait votre mari ?
Emilienne tendit l'oreille et répondit :
– Vous n'aurez qu'à lui demander. Il gare son vélo sous l'appentis. Il sera là dans une minute.
Midi sonna à l'horloge du salon. Le facteur entra dans la pièce en claudiquant.
– Putain de région ! s'exclama-t-il. Y' en a pas un qui sait conduire.
– Porte plainte, conseilla Emilienne. Monsieur est inspecteur de police.
– J'ai versé dans le talus, la tête la première. Je n'ai pas pu voir le numéro, regretta le facteur.
Il suspendit sa casquette à un clou, posa sa sacoche sur la table et se traîna en gémissant jusqu'à sa chaise.
– A ce régime-là, ils finiront un jour par m'avoir.
– Quelqu'un vous a menacé ? demanda Curtebœuf.
– Pas vraiment. C'est plus sournois. Ici, on vous fait un sourire par-devant et on vous assassine dès que vous avez le dos tourné.

– Vous vous connaissez des ennemis?
– Plus de la moitié des villageois me détestent, se lamenta le facteur.
L'inspecteur se demanda si le problème de Jules ne relevait pas de la psychiatrie. Le facteur présentait tous les symptômes de la paranoïa. Il fut surpris d'apprendre que les Schwartz se barricadaient pendant la nuit.
– La semaine dernière, ils ont cassé un des nains du jardin, se plaignit le poète.
– Vous savez à quoi est due cette antipathie?
Le facteur grimaça soudain, comme si une douleur aiguë l'envahissait. Il se massa le genou à deux mains et suggéra :
– Vous ne voulez pas qu'on marche un peu? J'ai ma jambe qui s'ankylose.
– Volontiers, fit Curtebœuf.
L'inspecteur avait saisi l'allusion. Il se leva avant le postier. Que Jules ait des secrets pour sa femme piquait sa curiosité.
Complice, il l'aida à se redresser, le soutint jusqu'à la porte et salua Emilienne en la félicitant pour la saveur hypothétique de ses terrines.
– Faudra venir les goûter, proposa celle-ci avant que les deux hommes s'esquivent. On n'a pas souvent l'occasion de partager.
– Si je repasse par Babbeldorf, je ne manquerai pas de faire le détour, promit l'inspecteur sans conviction.
Dès qu'ils eurent contourné l'angle de la haie, le facteur redevint plus alerte.
– Certains détails peuvent la troubler, dit-il. Je compte sur votre discrétion.
– Vous pouvez y compter, certifia Curtebœuf. Je suis flic, pas juge. Si vous n'avez rien à vous reprocher, je vous garantis que notre conversation ne sortira plus du cadre de l'enquête.

Il alluma une cigarette pour maîtriser son impatience. Le facteur reprit :

– En 44, tous ceux de la classe 27 ont été enrôlés de gré ou de force dans la Wehrmacht... sauf Emile parce qu'il était handicapé et moi, parce que j'ai déserté.

– La France vous doit une médaille, fit Curtebœuf.

– La France s'en fout, rétorqua le facteur. Mes parents et ma sœur ont été déportés en guise de représailles. Ils sont morts tous les trois dans les camps nazis.

Son récit forçait le respect mais l'inspecteur ne voyait toujours pas où Jules voulait en venir.

– J'étais fiancé à Emilienne, continua le postier.

– Et alors?

– Je me suis réfugié dans une petite chambre de bonne, rue des Moulins, à Strasbourg... Denise habitait deux étages au-dessous.

C'était ça le secret de Jules. Avec le recul du temps, on pouvait considérer son attitude avec bienveillance. A Babbeldorf, ce n'était pas le meilleur moyen de se faire des amis.

– Denise était enceinte quand je l'ai retrouvée, précisa-t-il.

– Le lieutenant Köhl? hasarda Curtebœuf.

– Vous êtes au courant de ça? s'étonna le facteur.

– Flic, c'est un métier de fouille-merde, concéda l'inspecteur.

– Puisque c'est vous qui le dites, s'autorisa le poète.

– Pourquoi vous me racontez tout ça? demanda Curtebœuf.

– Si vous faites une enquête approfondie, vous le saurez tôt ou tard.

– Et pourquoi voulez-vous qu'on enquête sur une affaire classée depuis douze ans?

– Parce que j'ai l'impression que tout tourne autour de ça.

– De Denise?

– De sa mort, répliqua le facteur.

– Qu'est-ce qui vous fait penser ça?

– Un faisceau de présomptions, comme on dit chez vous, la manière dont ça s'est passé... et tout le reste...

– C'est justement le reste qui m'intéresse, assura Curtebœuf. Au point où vous en êtes, faut pas hésiter. Si vous avez autre chose à me raconter, je vous écoute.

Le visage de Jules s'était rembruni. L'inspecteur était bien un flic comme les autres et le facteur se demandait jusqu'à quel point on pouvait lui faire confiance. Il devait révéler ce qu'il savait avant que la police mette le nez dans ses affaires... mais l'inspecteur ne semblait pas le prendre au sérieux.

Il hésita un moment et poursuivit :

– J'ai vu Denise une heure avant sa mort. Elle descendait de la voiture de Fernande. C'était sur le coup de neuf heures. Je crois qu'elle venait chercher sa fille.

– Vous êtes resté sur place pour voir ce qui allait se passer? supposa Curtebœuf.

– Oui.

– Alors, que s'est-il passé? insista-t-il.

– Trois quarts d'heure après, Germain est arrivé. Il a toujours affirmé qu'il était en panne de voiture sur la route de Niederbronn. C'est faux.

– Vous vous êtes approché de la maison?

– Non. Je suis rentré chez moi.

– Vous avez eu tort, ironisa l'inspecteur.

– Les gendarmes étaient sur place depuis plus d'une heure.

– Quoi ? fit Curtebœuf, surpris. Baas était là avant l'accident ?

– Il est même arrivé avant Denise, précisa le facteur. Sa camionnette était garée de l'autre côté de la route, sur le chemin qui longe la voie ferrée. Je ne sais pas ce qu'il attendait.

– Mais pourquoi n'avez-vous rien dit au moment de l'enquête ?

– Vous avez déjà essayé de contredire le témoignage d'un gendarme ?

Curtebœuf était atterré. Il demanda à brûle-pourpoint :

– Qui a dénoncé le lieutenant Köhl ?

Le facteur faillit s'étrangler.

– Je n'en sais rien, clama-t-il.

Jules mentait. Curtebœuf en était convaincu. Le postier n'était peut-être pas fautif mais il connaissait l'auteur de la délation. Cela ne faisait aucun doute.

Les deux hommes avaient rejoint la maison. Curtebœuf s'apprêtait à monter dans sa voiture quand une dernière question effleura son esprit.

– Vous n'avez pas l'intention de prendre le train, cette semaine ?

– Non, pourquoi ? s'étonna Jules.

– Ça ne serait pas prudent, opina l'inspecteur. On y meurt beaucoup ces jours-ci.

Le clocher du couvent de Wissembourg était enroué. La dissonance de son organe déchirait les tympans et cette anomalie altérait sa fierté gothique. Il n'émettait qu'un son maladif, sans résonance et sans harmoniques. Un bruit sec. Ce timbre particulier était dû à la fêlure qui pourfendait la cloche.

Le jour de son baptême, la cloche était tombée. Maintenant, on se raclait la gorge à l'écouter. On eût souhaité qu'elle expectore, qu'elle s'éclaircisse la voix. Cette laryngite chronique contrariait les mélomanes, éveillait la compassion. On avait pitié d'elle.

Des matines à l'angélus du soir, elle égrenait inlassablement sa plainte asthmatique, rappelant aux religieuses leurs vœux d'humilité. Elles auraient bien voulu un carillon digne de leurs prières – leur dévotion valait mieux que ce bêlement nasillard – mais elles avaient accepté cette épreuve divine avec résignation, redoutant, malgré tout, qu'un chant si chaotique n'irritât, par moments, les oreilles célestes.

Aux douze coups de midi, elles trottinaient, groupées, de la chapelle au réfectoire, les yeux rivés sur le dallage du sol.

Depuis le début des années 50, le sœurs de Saint-Vincent-de-Paul accueillaient de jeunes autistes. Leur congrégation avait reçu l'agrément du corps médical qui voyait en leur abnégation une source d'attention permanente. Un psychiatre de l'hôpital Stéphansfeld leur rendait visite deux fois par semaine : le mardi et le jeudi. Il auscultait les enfants, suivait leur évolution et prodiguait ses conseils à la mère supérieure qui les dispensait à son tour à tout l'établissement. Une trentaine de jeunes patients étaient ainsi les hôtes privilégiés de la congrégation. Leur moyenne d'âge oscillait entre cinq et douze ans.

A l'heure du déjeuner, on pouvait s'attendre à ce que la salle bruisse des joies de l'enfance. Ce n'était pas le cas. Ici, le silence était la règle même si la règle n'avait rien de mystique.

Aurore Mayer bénéficiait d'un statut particulier dans l'établissement. Son autonomie de mouvement et la précision de ses gestes lui permettaient d'effectuer maintes tâches quotidiennes dont le service à table qu'elle accomplissait avec célérité et minutie. Elle exécutait aussi certains travaux comme le repassage ou le jardinage, sans qu'il fût nécessaire de la surveiller.

Au premier abord, quand on la voyait déambuler ainsi de table en table, on ne pouvait imaginer le handicap qu'elle surmontait. Hormis les crises d'angoisse qui la paralysaient plusieurs fois par semaine, Aurore affichait une sérénité exemplaire.

Ce jeudi-là, peu après l'arrivée de Curtebœuf, elle avait quitté le réfectoire. La mère supérieure l'avait conduite au premier étage du couvent, là où le docteur Raymond avait établi son cabinet et où l'inspecteur l'attendait.

Curtebœuf ne put s'empêcher d'avoir un pincement de cœur en la voyant. Il n'avait pas oublié son entrevue dans la maison du garde-barrière, ni l'impression qu'il avait ressentie ce jour-là. Aurore avait les traits de sa mère. Elle inspirait l'amour.

Quand le Dr Raymond évoquait son cas, il en parlait toujours avec passion. Pour lui, bien qu'il n'ait jamais réussi à percer le secret de sa conscience, à trouver la clef de son mutisme, ni à lui ouvrir le chemin de la connaissance, la jeune femme était intelligente. Son cerveau était intact. Il en était certain.

Depuis une dizaine de jours, il développait une expérience qui lui tenait à cœur. Germain Mayer lui avait fait parvenir une cinquantaine de photos prises avant l'accident de Denise. Le docteur Raymond les couplait avec des objets, des mots, des sons, espérant une réaction de sa patiente mais Aurore semblait rétive à l'exercice. Par instants, le psychiatre croyait lire sur son visage un signe imperceptible de détresse sans qu'il pût établir une quelconque relation entre cette expression et le sujet photographié. Aurore fixait les épreuves avec une acuité telle que le médecin pensait avoir ouvert une brèche dans sa mémoire mais, le temps d'analyser le phénomène, l'expression éphémère s'évanouissait et la jeune femme sombrait dans l'indifférence. Le fil ténu de la communication était rompu et il n'obtenait rien de plus que cette placidité sans âme.

– Je peux parler devant elle ? s'enquit Curtebœuf en désignant la jeune femme d'un geste de la main.

– Sans aucun problème, répondit le médecin en souriant. Elle entend tout ce que l'on dit mais son esprit est ailleurs. Elle sait qu'on parle d'elle. Cela l'inquiète mais elle ne suit pas la conversation. Si elle réagit à vos questions, vous aurez réussi, en deux minutes, ce que j'ai été incapable d'obtenir en dix ans. Cela friserait le miracle. La mère supérieure se précipiterait chez l'évêque et le couvent deviendrait rapidement un lieu de pèlerinage.

Aurore semblait ignorer la présence des deux hommes. Le front collé à la vitre d'une des fenêtres du bureau, elle contemplait le dessin rectiligne des buis qui bordaient l'allée du parc.

Le Dr Raymond s'installa sur un coin du bureau. Il n'avait pas la prestance qu'on s'attend à voir chez un grand praticien. Les pans de sa blouse blanche ouverte laissaient apparaître une chemise bon marché et un pantalon de velours noir à grosses côtes qui tombait sur une paire de brodequins aux semelles épaisses. La soixantaine, le front dégarni, les tempes grisonnantes, il avait l'allure affable d'un patriache empreint d'une certaine bonhomie.

En premier lieu Curtebœuf le questionna sur l'enfance de la jeune femme mais le médecin n'avait recueilli aucune information susceptible d'expliquer ce qui s'était passé l'avant-veille de Noël 56. Aurore avait enfoui l'événement dans sa mémoire. L'inspecteur l'interrogea ensuite sur le comportement de Denise Mayer et là, le psychiatre fut plus loquace.

– Je doute qu'un enfant puisse interpréter les attitudes de sa mère, précisa-t-il, surtout si elle prend la précaution élémentaire de lui dissimuler l'essentiel, c'est-à-dire l'acte lui-même avec des partenaires différents. Dans le cas contraire, l'enfant pourrait prendre le comportement du partenaire comme une agression vis-à-vis de sa mère et concevoir un problème qui se manifesterait au moment de l'adolescence. L'enfant recherche surtout l'affection de sa mère. Alors, si l'affection est riche et l'adultère discret, je ne vois pas ce qui peut bloquer l'enfant... En revanche, l'accident et tout ce qui l'a précédé sont, sans aucun doute, la cause de son aphasie. Elle a complètement occulté le drame. Son esprit n'a pas supporté le choc, vous comprenez ? Sa mémoire post-traumatique est normale et quand je dis normale, il faut admettre que ses aptitudes à enregistrer ne sont pas optimales mais cela n'affecte pas l'intelligence. Il suffit d'établir un autre mode de communication pour s'en apercevoir. Aurore sait lire et compter. Elle peut s'exprimer par écrit, avec un vocabulaire restreint, bien entendu. Sa calligraphie est puérile. Elle met en évidence une certaine dyslexie mais on la comprend. Son aphasie n'est pas due à une lésion du cortex. Son cerveau fonctionne normalement.

Chez certains enfants ayant subi un traumatisme psychologique grave, on remarque des troubles de l'élocution. Ces troubles peuvent aller jusqu'à la perte du langage. Le problème en psychiatrie, c'est que l'étude d'un cas n'est pas aussi élémentaire que la simple relation de cause à effet. Un bon nombre de paramètres nous échappent. Sur certaines pathologies, la chimie donne d'excellents résultats. On arrive à annihiler le stress et ses conséquences sur l'organisme. Le cerveau est un organe complexe. Cela dit, on n'est plus au Moyen Age. La plupart des patients qui entrent aujourd'hui en hôpital psychiatrique en sortent dans un état qui n'est guère différent du vôtre ou du mien. Il ne faut pas désespérer.

– Est-ce qu'elle retrouvera un jour l'usage de la parole ?

– Le jour où elle parlera, elle sera guérie, affirma le Dr Raymond. Mais pour cela, il faudrait qu'elle subisse un choc émotionnel au moins égal à celui qui est à l'origine de son aphasie.

– Dans ce cas-là, elle retrouvera la mémoire ?

– Sans doute... Peut-être partiellement mais elle recouvrera une grande partie de ses facultés. C'est vraisemblable.

– Est-elle capable de tuer ? demanda Curtebœuf à brûle-pourpoint.

– Tous les hommes en sont capables, allégua le médecin. Leurs motivations sont différentes mais leurs pulsions sensiblement les mêmes. Dès que la haine domine la raison, le sens commun n'existe plus.

– Pour être plus précis, insista l'inspecteur, a-t-elle l'aptitude mentale nécessaire pour concevoir et préméditer un crime ?

– A priori, j'en doute... mais je peux me tromper.

– Aurore était là la nuit du 14 février?

– Je ne sais pas. Il faut demander ça à la mère supérieure.

– Les chambres sont-elles fermées à clé?

– Non, répondit le psychiatre, mais jusqu'à présent, on n'a pas remarqué un seul cas d'évasion.

Ce trait d'ironie irrita Curtebœuf. Il rangea son calepin, se leva, salua le Dr Raymond et se dirigea vers la porte. Avant de quitter la pièce, il jeta un coup d'œil en direction de la fenêtre. Aurore avait abandonné l'observation du parc. Elle dévisageait maintenant le policier avec mépris. Sa lèvre supérieure était relevée. Elle semblait écumer de rage. Son regard était chargé de haine.

A cet instant précis, Curtebœuf ne put s'empêcher de penser que la jeune femme avait compris l'essentiel de la conversation.

9

Jeudi soir

Rue de la Nuée Bleue, le commissariat principal connaissait une effervescence exceptionnelle. On avait retrouvé l'arme du crime à trois kilomètres de la gare de Saverne. L'inquiétude avait fait place à l'euphorie. Soulagés de ne pas avoir affaire à un fantôme, certains faisaient maintenant l'éloge de l'assassin.

Le juge avait demandé à la police scientifique d'analyser l'objet mais Piaget l'avait photographié avant qu'il ne disparaisse et, dans le bureau, au premier étage, on s'échangeait les épreuves comme des photos de vacances.

Noblet exultait. Il avait l'impression de toucher la vérité du doigt. Il ne lui restait plus qu'à cerner le mobile avant d'avoir un troisième cadavre sur les bras.

Depuis ce matin, depuis qu'il avait passé en revue tous les éléments de l'enquête, il s'était forgé une conviction mais il n'osait en faire état. C'était trop tôt. Le moyen d'étayer ses soupçons frisait l'illégalité. Pourtant, plus il y réfléchissait, plus il était convaincu qu'il devrait avoir recours à cette démonstration.

Le juge Berthey n'était pas du genre à inculper sur simple présomption. Il faudrait encore plusieurs jours d'enquête pour réunir un faisceau de preuves tangibles et le temps jouait contre lui. Noblet le savait.

Le parquet souhaitait des aveux le plus vite possible. Il les aurait. La meilleure façon de les obtenir restait encore le flagrant délit. Un début d'accomplissement : le rêve... Le commissaire redoutait la bavure.

Il connaissait bien maintenant la technique criminelle de l'assassin mais en lui facilitant la tâche, il risquait aussi d'être le dindon de la farce. Une inculpation pour complicité de meurtre à cinq ans de la retraite limitait son enthousiasme.

– Qui a le rapport sur l'accident de Denise Mayer? lança Curtebœuf à la cantonade.

– Pardon? fit Noblet, rêveur.

– Je cherche le rapport sur la mort de Denise Mayer, répéta l'inspecteur.

– Pourquoi?

– C'est un tissu de mensonges. Le facteur peut témoigner, affirma Curtebœuf. Tenez-vous bien! En 56, le soir de l'accident, Germain Mayer n'est pas arrivé chez lui un quart d'heure après la mort de sa femme mais cinq minutes avant... et le pire... accrochez-vous à vos fauteuils, les gendarmes étaient déjà sur place.

– Pour une fois qu'ils sont à l'heure, ironisa Noblet.

– C'est là que le bât blesse, intervint Piaget. Je pense qu'il existe une suite logique entre les mains d'Emile, les attributs du brigadier et la prochaine victime. On ne trouvera rien dans le rapport. C'est la raison pour laquelle les gendarmes l'ont falsifié qu'il faut découvrir.

– C'est tout le problème du mobile, mon petit Piaget, fit le commissaire, paternel. C'est pour ça qu'on tourne en rond depuis le début.

– Nos collègues de R.F.A. ont retrouvé le frère de Köhl ? demanda Curtebœuf.

– Oui. Sans difficulté, assura Noblet. Il est député au Bundestag.

– Et, naturellement, il a un alibi ? s'enquit l'inspecteur.

– En béton, précisa le commissaire. Mardi soir, il faisait un discours devant 200 témoins.

– Sait-on maintenant ce que contenait l'enveloppe qu'il a donnée à Denise ? interrogea Piaget.

– Un chèque, fit Noblet, et deux billets de train pour l'Allemagne.

Il consulta sa montre et demanda :

– Mayer est arrivé ?

– Oui, monsieur. Il y a dix minutes, s'empressa de répondre un gardien de la paix. Je l'ai mis au frais dans le bureau du fond.

– Je crois que c'est le moment de le cuisiner. Il faut qu'il parle avant ce soir. Il faut que l'on sache ce qui s'est passé à Babbeldorf l'avant-veille de Noël, sinon...

Il laissa sa phrase en suspens et médita la solution.

– ... Sinon, on sort le grand jeu, conclut-il.

Germain Mayer étais assis dos à la fenêtre. Son ossature de géant se découpait en contre-jour sur le fond clair et il fallait s'accoutumer à la lumière ambiante pour discerner le rictus de mépris qui déformait sa lèvre inférieure.

« Un ours polaire », avait pensé Curtebœuf, le jour où le garde-barrière lui avait foncé dessus. En le revoyant aujourd'hui, il ne se départait pas de cette impression : l'image de la bonhomie alliée à une force incontrôlable.

– Je suis ravi de vous rencontrer, monsieur

Mayer, fit Noblet en s'asseyant sur le coin d'un bureau. Je vais vous faire un aveu. Il y a cinq jours, j'ignorais l'existence de Babbeldorf. J'étais heureux... Depuis que j'ai eu le malheur de mettre les pieds dans ce putain de village, je suis devenu complètement insomniaque. J'en arrive à regretter la routine, le bon vieux temps où le vol d'un sac à main m'occupait des journées entières... et, savez-vous pourquoi je ne dors plus, monsieur Mayer? Parce qu'une question m'obsède : pourquoi a-t-on coupé les mains d'Emile? Et, savez-vous pourquoi cette question me tourmente? Parce qu'à chaque fois que je l'évoque un nom revient sur toutes les lèvres : Denise... Je voudrais retrouver le sommeil, monsieur Mayer, et vous allez m'aider.

Surpris par le discours, le garde-barrière hochait la tête comme s'il compatissait aux soucis du commissaire mais il se garda de répondre.

– Vous aimiez votre femme, monsieur Mayer?

– Oui, fit Germain, laconique.

– Vous l'aimiez comment? Un peu, beaucoup, passionnément... à la folie?

Noblet avait insisté sur le dernier mot. Il s'attendait à une réaction mais le garde-barrière esquiva l'attaque.

– Je l'aimais. C'est tout.

– Vous saviez qu'elle vous trompait?

– Elle a toujours trompé tout le monde, fit Germain, sarcastique, mais pas de la manière dont vous l'entendez.

– Vous n'étiez pas jaloux?

– Faut être stupide pour être jaloux du passé.

– Vous l'avez épousée en quelle année? demanda Curtebœuf.

– Je vous l'ai déjà dit quand vous êtes venu me voir. En 48...

– Vous rentriez du camp de Tambow?

– Oui.
– Aurore avait quel âge ?
– Quatre ans.
– Denise vous aimait ? reprit le commissaire.
– A sa manière, oui, confirma Germain. Elle me disait toujours : « Ne t'inquiète pas pour ma vertu. Les hommes se vantent de leurs fantasmes. Moins ils en font, plus ils en parlent. Bientôt, avec le schnaps, ils iront tous derrière l'église. »
– Qu'est-ce qu'il y a d'original derrière l'église ? demanda Noblet.
– Le cimetière.
– On finit tous là-bas, remarqua-t-il.
– Oui, fit Germain. C'est la manière d'y aller qui diffère.
– Elle avait des dons de prémonition, opina Piaget.
Germain acquiesça. Une certaine mélancolie sembla l'envahir.
– Elle avait un sixième sens, Denise. On ne pouvait pas lui en conter. Elle sentait les événements. Elle donnait toujours l'impression de connaître la vérité.
– Alors, pour ne pas trahir sa mémoire, vous avez donné un petit coup de pouce au destin.
L'allusion sembla échapper au garde-barrière. Il toisa le stagiaire et haussa les épaules en signe d'incompréhension.
– Denise allait vous quitter, allégua Noblet sur le ton de la confidence.
– C'est faux ! s'exclama Germain.
– Tout Babbeldorf était au courant. Je m'étonne que vous n'en sachiez rien. Elle ne vous en avait jamais parlé ?
– Tout ça, ce sont des ragots de bonnes femmes, trancha-t-il.
– Le 23 décembre 1956, quand vous êtes rentré

chez vous, Denise s'apprêtait à partir, insista le commissaire. Elle avait préparé sa valise et venait chercher sa fille.

– Ce jour-là, je n'étais pas là. Je n'ai jamais revu ma femme vivante.

– Vous mentez, Mayer.

– J'étais à Bitche. Je travaillais. La voie ferrée était bloquée par des congères. C'est facile à vérifier.

– Votre chef de service nous a affirmé que le chantier était clos à 17 h 30.

– C'est vrai... Mais je suis tombé en panne en revenant.

Noblet remua le fatras de papiers qui encombrait son bureau. Il saisit une feuille dactylographiée et lut :

– Vous avez confié votre véhicule au garage Marendorf à 18 heures. La réparation a été effectuée rapidement mais vous êtes resté au café de la gare jusqu'à 21 heures. Le patron se souvient très bien de vous parce que vous vous êtes battu avec un client et qu'il a été obligé de vous mettre à la porte. Quand il a su, le lendemain, la manière dont votre femme a trouvé la mort, il a regretté de vous avoir servi à boire... C'est du moins ce qu'il nous a raconté... Alors, monsieur Mayer, à votre avis, il faut combien de temps pour aller de la gare de Niederbronn jusqu'à chez vous?

Le garde-barrière ignora la question. Noblet déclara :

– Une demi-heure par temps sec et 45 minutes avec la neige... Même si je vous accorde un petit délai pour cause d'ivresse, on peut retourner le problème dans tous les sens. Vous êtes arrivé à Babbeldorf avant l'accident de Denise.

– Je ne me souviens pas.

– Une amnésie passagère, diagnostiqua Piaget.

– J'étais ivre, hurla Germain. Je ne me souviens pas.

– Je vais vous dire ce qui s'est passé, imagina le commissaire. Vous êtes rentré chez vous à 21 h 50. Vous n'avez pas de chance. Quelqu'un vous a vu.

– C'est impossible, murmura le garde-barrière. (Il se tordait maintenant sur sa chaise comme sur un gril.) Cette personne-là vous a menti.

– Cette personne-là n'a aucun intérêt à nous mener en bateau, assura Noblet.

– J'étais ivre, répéta Germain.

– Denise s'apprêtait à partir, continua le commissaire. Emile Schreiner et Frédéric Baas étaient là. La discussion était violente. De quoi parlaient-ils, monsieur Mayer ?

– Je ne sais pas.

– Mensonge, clama Piaget.

– Dites-nous la vérité, Mayer, implora Curteboeuf.

– Je n'étais pas là.

– Mensonge, scanda Piaget.

– Baas et Schreiner n'étaient pas seuls. Rappelez-vous, monsieur Mayer. Il y avait une troisième personne quand vous êtes entré.

– C'est faux.

– Merde, cria Noblet en saisissant le garde-barrière par les revers de sa veste. Ne me dites pas que vous avez oublié ça. C'est impossible... Un gendarme, un secrétaire de mairie et un facteur.

Surpris, tant par la théorie fantaisiste que par la manière dont elle était énoncée, Piaget et Curteboeuf dévisagèrent le commissaire. Ignorant leur interrogation muette, Noblet continua :

– C'est à ce moment-là que votre femme s'est enfuie, monsieur Mayer. Son idée était de traverser le jardin et de rejoindre la voiture que lui avait prêtée Fernande mais elle n'en a pas eu le temps. Les trois autres la poursuivaient. Alors, elle s'est élancée le long de la voie ferrée. Avec des chaussures à talons hauts, ce n'était pas facile! Elle titubait. Elle avait peur. Elle criait. L'express s'approchait...

– Non! hurla Germain.

– Lequel des trois l'a balancée sous le train? s'époumona Noblet.

– Je ne sais pas... souffla-t-il.

Le garde-barrière n'en pouvait plus. Il s'était peu à peu ramolli. Sa superbe avait disparu. Les allégories du commissaire avaient modifié son faciès de boxeur. La façade était lézardée. Il tremblait. Altérée par une détresse contenue, sa voix de baryton n'était plus qu'un gémissement.

– Je ne sais pas, répéta-t-il. J'étais complètement ivre. J'ai dû m'écrouler en arrivant à côté de la maison. Quand j'ai repris connaissance, j'étais gelé et j'avais mal au crâne. Mon col de chemise était couvert de sang. J'avais la lèvre ouverte... Il y avait des lumières qui scintillaient à 100 mètres de l'endroit où je me trouvais, alors je me suis approché... J'étais à peine conscient... et puis j'ai vu une jambe...

Un sanglot bloqua ses cordes vocales. Il succomba à une crise de larmes. Sa grosse carcasse de pachyderme semblait tressaillir comme sous l'effet d'une décharge électrique.

L'homme était mûr pour des aveux complets. C'est ce que pensait Noblet. Il ne restait plus qu'à le serrer, le confronter à ses mensonges. La vérité allait surgir.

– Qu'avez-vous fait de l'argent? s'obstina le commissaire.

– Quel argent? fit le géant entre deux spasmes.

– L'argent de Denise. Celui qu'elle a versé à la B.N.P. le jour de sa mort?

– Je n'y ai pas touché, affirma le garde-barrière.

– Vous mentez encore, monsieur Mayer, explosa Noblet. J'ai le rapport du notaire.

– Je ne savais pas que ma femme avait un compte privé.

– Mais son décès a fait de vous un homme riche. Vous avez hérité.

– Vous êtes ignoble! Ma femme avait quelques économies, pas de fortune personnelle. Vous le savez très bien.

– Trente-deux millions de centimes! Ce n'est plus un bas de laine. C'est un matelas, allégua Noblet.

– Tout est au nom d'Aurore à la Caisse des Dépôts.

– Dans quelle ville?

– Strasbourg.

Le garde-barrière s'épongea les yeux avec le revers de sa manche et renifla. Noblet marqua une pause. Pendant qu'il pianotait sur le clavier du téléphone pour obtenir le numéro de la trésorerie principale de Strasbourg, Piaget enchaîna.

– Vous braconnez, monsieur Mayer?

– A Babbeldorf, tout le monde braconne, avoua le géant.

– Vous savez fabriquer un collet?

– Par chez nous, fit-il, on apprend ça avant d'apprendre à lire.

– Pouvez-vous me montrer comment on fait? demanda le stagiaire en tendant un fil souple en direction de Germain.

Le garde-barrière s'exécuta sans rechigner, satisfait de prouver sa dextérité. En un tour de main, il réalisa deux boucles qu'il fit coulisser l'une dans l'autre et qu'il serra d'un geste brusque. Ravi, il présenta l'objet.

– Voilà! Ce n'est pas sorcier.

– Surprenant! s'exclama Piaget, flatteur.

– Non seulement c'est simple, continua Germain, mais ce genre de collet présente un avantage. Quand la boucle se résorbe, le nœud disparaît.

Comme prestidigitateur débutant, il acheva sa démonstration en présentant le fil sous le nez du stagiaire.

– Vous connaissez la quincaillerie qui fait l'angle entre la rue des Hallebardes et la place Gutemberg? intervint Curtebœuf.

– Bien sûr! reconnut le garde-barrière.

– Le 7 janvier dernier vous y avez acheté 20 mètres de fil d'acier.

– 20 mètres? s'étonna-t-il comme si cette assertion lui paraissait exagérée.

– Ce n'est plus du braconnage. C'est de l'industrie, opina Piaget.

– Le 1/400 ce n'est pas pour le lapin, réagit soudain Mayer. C'est pour le brochet. Le fil de nylon résiste mal aux secousses. Le brochet est un animal vaillant. Il se défend avant de céder. Le ferrer ne suffit pas, faut l'endormir avant de le mettre dans l'épuisette.

– Mardi dernier, le poisson devait être coriace. On l'a endormi avec du Valium avant de le trucider, remarqua Noblet.

Scandalisé par l'allusion, Germain écarquilla les yeux. Il donnait l'impression d'avoir pris un coup de poing dans l'estomac.

– Je n'ai rien à voir avec tout ça! s'exclama-t-il.

– Le 7 janvier, après votre passage à la quincaillerie, reprit Curtebœuf, vous vous êtes rendu à la pharmacie de la Mésange où vous avez acheté une boîte de Témesta et deux boîtes de Valium 5.

– J'avais une ordonnance, précisa Germain.

– Ça ne change rien au problème.

– Mais Aurore en avait besoin.

– C'est justement ce qui nous a mis la puce à l'oreille. Alors, on a vérifié vos approvisionnements... Et là, vous nous avez donné le vertige, monsieur Mayer. En six mois, vous avez fréquenté onze officines différentes. Vous possédez assez de tranquillisants pour rendre un éléphant neurasthénique. Vous vous droguez depuis dix ans, monsieur Mayer.

– Vous inventez tout ça pour me faire porter le chapeau.

– Rassurez-vous! Pour la calomnie, à côté de vos concitoyens, nous sommes de vrais enfants de chœur... Je vous plains, monsieur Mayer. Le Valium n'adoucit pas la haine. Vous haïssiez Frédéric Baas?

– S'il fallait tuer tous les gens qu'on déteste! déclara le garde-barrière.

– Sa mort vous soulage quand même un peu? demanda Piaget.

– Je n'irai pas pleurer sur sa tombe, si c'est ce que vous voulez savoir.

– J'aime bien votre franchise, prétendit le stagiaire. Pourtant, il reste beaucoup de zones d'ombre dans ce que vous nous avez déclaré. Le soir où Emile perd ses mains, on ne vous voit ni chez Fernande, ni chez Irène et pour la nuit du 14, vous n'avez pas d'alibi... Vous êtes seul à avoir un mobile, monsieur Mayer, et pendant qu'on décime Babbeldorf, vous regardez la télévision.

– Qu'est-ce que vous voulez que j'y fasse! répondit Germain.

– Hormis le passé de Denise, qu'est-ce qui vous liait à Baas et à Schreiner ?
– Rien.
– Je n'en suis pas sûr, confia Piaget.
– Pensez ce que vous voulez, maugréa le garde-barrière. Je m'en fous.
– Dites-nous la vérité, Mayer, supplia Curtebœuf. C'est la seule solution pour vous.
– Je n'ai rien à voir avec tout ça.
– Vous avez tué Frédéric Baas, lança Noblet. Vous serez inculpé avant la fin de la semaine. Alors à quoi ça sert de nous mentir ?
– C'est faux ! hurla Germain. Je n'aurais pas attendu douze ans.
– Pour vous venger ? insinua Piaget.
Le garde-barrière parut désemparé. Il fit non de la tête. Le commissaire enchaîna :
– Depuis quand savez-vous que le rapport de gendarmerie est un tissu de mensonges ?
– Quel rapport ? fit Germain.
– Arrêtez de jouer les naïfs, Mayer, s'emporta Curtebœuf. Vous commencez à nous casser les pieds.
– Qui vous a dit que le constat d'accident était falsifié ? insista Noblet.
– Personne ne m'a rien dit.
– Vous mentez, Mayer. C'est impossible que vous ne le sachiez pas.
– Que je ne sache pas quoi ?
– Que votre femme a été assassinée ! cria Noblet.
– C'était un accident, balbutia Germain. Un accident...
Il s'effondra sur le bureau.
– Je ne me souviens de rien...
Sa grosse carcasse recommença à tressaillir.

Noblet prit Curtebœuf par le bras et l'entraîna dans la pièce voisine.

– On n'en tirera plus rien, constata-t-il.

– Qu'est-ce qu'on fait de lui ? On le garde au frais jusqu'à demain soir ?

– Ça ne sert à rien, opina le commissaire. Je connais bien ce genre de bonhomme. Ils craquent en surface mais ils ont de la suite dans les idées.

– On ne peut pas le laisser partir dans cet état, s'inquiéta l'inspecteur. Après ce qu'on vient de lui dire, c'est dangereux. Il va décimer le village pendant la nuit.

– Sauf si on le surveille, objecta Noblet. J'ai ma petite idée sur la question. Vous connaissez quelqu'un aux *Dernières Nouvelles d'Alsace* ?

– Oui. Le Grand Guy, fit Curtebœuf. C'est le spécialiste des faits divers.

– C'est lui qu'il nous faut.

– En ce moment il est plutôt déprimé, tempéra l'inspecteur. Sa femme s'est tirée avec un de nos collègues. La dernière fois qu'il est venu ici, il était ivre mort. Il voulait sauter par la fenêtre. A part ça, il a du talent.

– Appelez-le. Proposez-lui une interview exclusive et tâchez d'être là demain matin avant 8 heures... On va faire exploser ce putain de village !

10

Vendredi : 2e jour de Carême.

L'article du Grand Guy avait fait l'effet d'une bombe à Babbeldorf. Dès 7 heures, la rumeur s'était répandue comme une traînée de poudre et on s'arrachait *Les Dernières Nouvelles d'Alsace* comme un quignon de pain en temps de famine. Même l'épicier, qui avait appris à lire dans *L'Ami du Peuple* et qui méprisait le quotidien régional, avait succombé à la tentation.

Le journaliste évoquait l'assassinat de Denise Mayer. La vie de la victime s'étalait sur quatre colonnes. Tout y était, excepté le nom du meurtrier.

Les habitants de Babbeldorf avaient pallié cette négligence. Les suggestions dégoulinaient en cascades. Au village, chacun avait un nom sur le bout de la langue mais les opinions divergeaient et le tribunal populaire qui siégeait chez Fernande avait du mal à rendre son verdict.

A l'angélus de midi, avec les premières tournées de Ricard, les langues s'étaient déliées. Chacun y était allé de son commentaire, alimentant ainsi la chronique locale. La rumeur avait fait place aux calomnies et dans cette joute diffamatoire, le virus de la grippe qui sévissait en ce moment dans la région s'épanouissait en toute quiétude.

Noblet avait décidé de jouer le grand jeu.

Puisque l'assassin nourrissait l'intention d'occire l'un des villageois, autant leur faire profiter de la nouvelle.

La crainte d'aller *ad patres* inciterait peut-être certain d'entre eux à se placer sous la protection de la police et à livrer, par la même occasion, un petit secret d'alcôve.

Partant du principe que tout le monde avait quelque chose à se reprocher, Noblet avait une chance d'y retrouver son compte.

Faire transpirer la rumeur, mettre en évidence le mobile du crime, voilà ce à quoi il voulait parvenir. Et puisqu'il officiait en marge de la légalité, autant ne pas faire dans la dentelle!

La veille au soir, il s'était attaché la complicité du facteur. Jules avait le profil de l'emploi. C'était l'appât rêvé, la victime idéale, peut-être un assassin potentiel mais, jusqu'à présent, rien n'étayait cette présomption.

Usant d'un prétexte fallacieux, Curtebœuf était retourné chez Jules. Il n'était pas de service. C'était l'occasion de goûter les pâtés d'Emilienne. Sous le sceau de la confidence, l'inspecteur lui avait révélé ce que *Les Dernières Nouvelles d'Alsace* dévoileraient le lendemain.

La mission comportait des risques.

D'hésitations en atermoiements, Jules avait fini par accepter et c'est pour ça que, depuis l'aurore, il colportait des informations douteuses en distribuant le courrier.

Coopérer de cette manière avec la justice l'amusait beaucoup. Abuser les villageois lui procurait un plaisir sans pareil, quelque chose comme de la jouissance. Conjuguer le civisme au mensonge tenait de la performance. Il en était conscient et découvrait un bonheur nouveau.

Jusqu'au milieu de l'après-midi, rien n'avait troublé la sérénité apparente de la bourgade. Les policiers en civil qui avaient sillonné le village et fréquenté les deux bars depuis le début de la matinée s'étaient donné rendez-vous vers 15 heures dans la salle de mariage de la mairie pour confronter leurs informations : un écheveau de commérages duquel il fallait extraire ce qui servait effectivement l'enquête.

De son côté, le facteur avait joué son rôle à la perfection, éveillant çà et là un intérêt qui dépassait la simple curiosité. Jules connaissait l'assassin !

A Babbeldorf, tout le monde savait qu'il serait dans le train de minuit douze et chacun se demandait si le meurtrier y serait aussi.

Pour le curé, cette situation explosive ne laissait augurer rien qui vaille et il s'attachait à calmer les esprits.

Le premier pavé qui tomba dans la mare éclaboussa Babbeldorf vers 16 heures.

Noblet en fut averti immédiatement.

Emile Schreiner avait disparu de la clinique. Le Dr Schroeder avait beau se confondre en excuses, il ne comprenait pas comment cette négligence avait pu se produire dans son établissement.

Vu l'état de faiblesse de son patient, il lui semblait peu probable que le blessé ait pu débrancher la perfusion, s'habiller et quitter sa chambre sans assistance. Pourtant – et là, il semblait formel – personne n'avait rendu visite à Emile depuis sa tentative de suicide.

Le commissaire avait dépêché Piaget pour interroger le personnel de la clinique mais il savait déjà que cette démarche serait infructueuse.

Une idée nouvelle avait germé dans son esprit. Il l'avait d'abord trouvée saugrenue puis, en y repensant, il s'était peu à peu convaincu du bien-fondé de son raisonnement : mercredi soir, après le passage du curé, Emile avait attenté à sa vie. Quelqu'un lui avait tenu la main et cette personne devait avoir de l'estime pour lui. Un ami? Un parent? Emile n'en avait pas. Une infirmière, la tricoteuse de l'autorail? Plus il y réfléchissait, plus cette suggestion lui paraissait vraisemblable.

Quelque chose pourtant échappait à la logique. Quel intérêt avait cette femme pour aider Emile à mourir, cinq jours après lui avoir sauvé la vie?

Il consulta sa montre : 19 h 10.

Il était trop tard pour la convoquer avant l'entrée en scène du facteur. Dans trois heures, Jules prendrait l'omnibus de Babbeldorf pour se rendre à Strasbourg.

Il était encore temps d'arrêter l'opération, de mettre un terme à la supercherie. Non. La décision de Noblet fut sans appel. Le vin était tiré. Il fallait le boire.

Comme tous les vendredis soir à la même heure, par vagues successives, les militaires prenaient d'assaut les wagons de 2e classe. Il fallait attendre 19 h 07 et le départ du 1010 pour échapper au chahut des conscrits.

Le grand hall retrouvait alors la quiétude morne des soirées ordinaires.

Il était 23 h 50.

Quelques voyageurs égarés arpentaient la salle, les yeux rivés sur les panneaux indicateurs.

Coiffée d'un foulard mauve, une femme corpulente se hâta vers les quais, furtive comme une ombre.

Les deux policiers en civil qui hantaient le hall distinguèrent à peine le bas de son visage. Le fait qu'elle portât des lunettes noires éveilla leur attention.

Elle présenta son billet au poinçonneur et s'évanouit dans la pénombre. Les deux hommes gardèrent un instant l'empreinte éphémère de cette apparition dans leur mémoire puis ils se dirigèrent vers le buffet. Le café distillait un arôme entêtant.

– Tu as remarqué? fit le plus petit des deux.

L'autre approuva d'un mouvement de tête.

– J'ai comme un pressentiment. On aurait dû la contrôler, celle-là.

– Tu veux mon avis?

– Dis toujours.

– Faut pas faire de vagues. On est censés couvrir le dispositif, pas faire du zèle. S'il y a un problème avant le départ du train, on intervient. Si tout se passe comme prévu, on est au lit dans vingt minutes.

– C'est une manière de voir les choses, répondit le petit, mais moi, j'y aurais bien dit deux mots quand même.

Le plus grand toisa son collègue avec condescendance.

– Cette opération est complètement foireuse, allégua-t-il. Laisse le patron se mouiller. Il est payé pour ça.

Noblet attendait Jules. Il redoutait le retard de l'autorail. Le moindre contretemps pouvait faire échouer son plan. Les conséquences risquaient alors d'être catastrophiques.

Il était 23 h 55.

L'omnibus serait là d'ici à deux minutes. Le facteur gagnerait le compartiment qui lui était réservé dans la voiture n° 8 et il ne resterait plus qu'à surveiller le couloir.

Jules avait si bien joué son rôle qu'il s'offrait maintenant comme victime expiatoire. Noblet craignait qu'il en fît trop, qu'il échappât, ne serait-ce qu'un instant, à la vigilance de l'inspecteur chargé de sa sécurité.

Jules était le troisième homme. Ça, Noblet en était convaincu. Quelle responsabilité avait-il dans la mort de Denise Mayer? Ça, Noblet n'en savait rien... mais le facteur avait menti, occulté une partie de la vérité et ça, Noblet en était certain. Alors, de deux choses l'une, soit Jules connaissait le mobile du meurtre, il agissait pour son propre compte et ne manquerait pas de se trahir, soit Jules ignorait la motivation réelle de l'assassin et l'assassin, trompé par l'attitude de Jules, commettrait une erreur fatale. Dernière éventualité, l'opération échouait et ça, Noblet n'osait l'envisager.

L'horloge affichait 23 heures 57.

L'omnibus de Jules se faisait attendre.

Piaget était gelé. Cela faisait plus d'une demiheure qu'il battait la semelle sur le quai n° 1. Il avait parcouru une dizaine de fois la distance qui sépare l'entrée de la gare du passage souterrain mais rien n'y faisait. Il ne sentait plus l'extrémité de ses pieds. Les basses températures l'engourdissaient peu à peu, pourtant rien n'altérait sa sagacité. Il observait les voyageurs avec une attention soutenue.

Il ne fut pas vraiment étonné de le voir arriver. Il l'attendait. L'homme correspondait bien à la description qu'en avait faite Curtebœuf. La photo jaunie qu'il avait pris soin de garder sur lui corrobora sa première impression. Il n'y avait pas le moindre doute.

Un seul détail clochait – et ça, personne ne l'avait prévu – l'homme n'était pas seul. Une femme l'accompagnait. Elle trottinait à ses côtés.

Piaget leur emboîta le pas.

Noblet l'avait envoyé aux avant-postes parce qu'il était le seul à ne pas avoir fréquenté les habitants de Babbeldorf.

L'homme et la femme s'engouffrèrent dans le passage souterrain et débouchèrent sur le quai n° 2 au moment où le train pour Paris entrait en gare.

L'homme posa sa valise sur le bitume, consulta son billet et se dirigea vers la voiture n° 6. Il attendit que le convoi s'immobilise puis il escalada le marchepied. La femme le suivit.

Piaget pressa le bouton de son talkie-walkie.

– Oscar pour Charli !

– Oui, Charli, j'écoute, grasseya le haut-parleur de l'appareil.

– Le garde-barrière vient de monter dans le train. Une femme l'accompagne.

– A quoi elle ressemble ? demanda la voix détimbrée du commissaire.

– Difficile à dire, s'excusa l'inspecteur. Elle porte un bonnet de laine et des lunettes à verres teintés.

– Ne les perdez pas de vue.

– Je fais ce que je peux, répondit Piaget.

Dans le compartiment que la S.N.C.F. lui avait réservé, Noblet s'impatientait. Le garde du corps chargé de la sécurité du facteur n'avait pas quitté son poste d'observation et, hormis le contrôleur, personne ne s'était approché de Jules. L'attente devenait insupportable.

Après une courte halte à Saverne, le convoi avait repris son régime de croisière. Il filait maintenant vers Sarrebourg.

Pendant l'arrêt, le commissaire était descendu sur le quai mais rien de particulier n'avait attiré son attention. Transis par le vent glacé, quelques voyageurs ensommeillés avaient hissé leurs bagages jusqu'aux portières. Aucun comportement suspect. Seul un couple de sexagénaires avait piqué sa curiosité. La scène s'était déroulée à plus de cinquante mètres de l'endroit où il se trouvait. En montant dans le train, le vieillard, soudain pris de vertige, avait chancelé et la dame qui semblait l'accompagner l'avait aidé à gravir le marchepied.

Dans le silence de la gare, quelques bribes de phrases étaient parvenues jusqu'à Noblet.

– ... Laissez-vous faire, monsieur... Je m'occupe de votre sac...

L'homme avait les mains bandées mais ce détail avait échappé au commissaire.

Adossé contre la cloison des toilettes du sixième wagon, Piaget fumait Gauloise sur Gauloise. Le garde-barrière et sa compagne ne s'étaient pas manifestés.

Le stagiaire était anxieux.

Peu de temps après le premier arrêt, le souffle violent de l'express qui remontait vers Strasbourg avait ébranlé la voiture dans laquelle il se trouvait. Les deux trains s'étaient croisés à l'heure prévue. Piaget s'y attendait mais il avait tressailli. Une impression désagréable l'avait envahi. Il avait instinctivement porté les mains à la hauteur de son cou. Un filin d'acier lui était apparu. Victime de son imagination, il avait cru qu'on lui tranchait la gorge. Une sueur froide lui avait glacé les reins et il s'était cogné la nuque contre la cloison des toilettes.

Dans le wagon, rien de fâcheux ne semblait s'être produit mais le stagiaire était en proie à un curieux pressentiment. Il décida de transgresser les règles, se rua dans le couloir et atteignit le compartiment du garde-barrière en trois enjambées. Il tira le loquet et fit glisser la portière sur ses rails. L'homme dormait sur la couchette supérieure. Sa compagne, surprise, se redressa légèrement. La lumière vive du couloir la fit ciller. Elle interrogea Piaget d'un regard. Celui-ci, embarrassé, prétexta une erreur, s'excusa et referma la porte.

D'après ses calculs, le prochain croisement aurait lieu à cinq kilomètres de la gare de Lunéville. Cela lui laissait une bonne demi-heure de battement.

Il s'octroya un moment de répit et se laissa choir sur le strapontin situé à droite du soufflet de jonction, à l'extrémité de la voiture – l'endroit le plus mal chauffé et le plus bruyant – mais il découvrait l'enfilade du couloir et c'était l'essentiel de sa mission.

Plusieurs semaines avaient été nécessaires à Noblet pour appréhender l'ensemble des événements qui s'étaient déroulés cette nuit-là, pour comprendre l'enchaînement des faits, pour déterminer la cause de l'échec et saisir le moment où la situation lui avait échappé. Une seule certitude s'était imposée à son esprit : à minuit un quart, en quittant la gare de Strasbourg, tous les passagers du train 1012 étaient encore en vie.

C'était donc à partir de cette heure fatidique que les choses avaient commencé à dégénérer...

Le train fonçait vers Lunéville.

Ballotté dans la voiture qui oscillait sur ses boggies, Noblet se morfondait. Toutes les deux minutes, il réglait le volume de son talkie-walkie par crainte de manquer une information importante mais l'appareil restait muet.

La voix de Curtebœuf explosa soudain dans le haut-parleur. Surpris, Noblet sursauta. L'émetteur faillit lui échapper des mains.

– Alpha pour Charli, répéta l'inspecteur.

– Charli, j'écoute.

– Venez nous rejoindre au bar, hurla Curtebœuf. C'est le merdier!

– Qu'est-ce qui se passe?

– C'est Fernande...

– Quoi Fernande?

– Elle tient Dupreux en joue. Elle menace de lui faire sauter la tête.

Noblet se précipita dans le couloir et remonta la voiture n° 8 au pas de course. Il avait quatre wagons à traverser avant d'atteindre le bar. Il passa devant Piaget sans même lui adresser un regard. C'était la tuile! Des gouttes de sueur perlaient maintenant sur son crâne dégarni. Fernande! Comment aurait-il pu imaginer? Il s'essuya le front avec le revers de sa manche et affecta une attitude digne avant de pousser la porte battante.

Le barman s'était retranché à l'extrémité de son comptoir.

Statufiés devant leurs verres de Cognac, trois clients cherchaient des yeux une sortie de secours mais le wagon n'offrait nulle échappatoire.

– Que s'est-il passé? murmura Noblet.

– Madame était au bar, répondit l'inspecteur, flegmatique. Dupreux était à côté d'elle. Au moment où elle a ouvert son sac pour payer,

Dupreux a aperçu un pistolet. Il a attrapé le sac mais l'automatique est resté dans la main de la dame et ils se sont retrouvés dans cette position.

L'arme était un Luger, sans doute un souvenir de guerre. Il ne paraissait pas en très bon état mais, dans la voiture, personne ne semblait disposé à faire les frais d'une vérification.

– Qu'est-ce qu'elle veut? demanda le commissaire.

– Je n'en sais rien, déclara Curtebœuf. Elle est muette comme une tombe. C'est elle qui nous a demandé de vous appeler.

Dupreux regardait l'empeigne de ses chaussures. Le pistolet qu'il avait derrière la nuque lui interdisait de relever la tête.

Noblet trouvait la situation irréelle. Il estimait trop Fernande pour lui prêter des intentions machiavéliques. Cette femme était la bonté même, un savant dosage de tendresse et de générosité, pas du genre cynique... A moins que la passion n'ait bouleversé sa personnalité – Noblet en avait vu d'autres – mais une passion pour qui? Quel mobile pouvait la faire agir ainsi?

– Fernande... Vous permettez que je vous appelle Fernande? osa-t-il en faisant un pas en avant.

– Appelez-moi comme vous voulez mais restez où vous êtes.

– Ça n'a pas de sens, continua le commissaire. Je ne comprends pas...

– Ce n'est pas grave, déclara Fernande. De toute manière, vous ne comprenez rien depuis le début.

– Je fais mon métier, argua Noblet, grandiloquent, mais les gens comme vous ne me facilitent pas toujours la tâche. Une prise d'otage, vous savez combien ça coûte?

– Je m'en fous!

– Je vous en prie, Fernande. Arrêtez votre numéro, insista Noblet. A ce petit jeu-là, vous n'avez aucune chance. Qu'est-ce que vous reprochez à l'inspecteur Dupreux? Vous n'avez quand même pas l'intention de le tuer?

– Non, confia-t-elle, comme si soudain elle prenait conscience de son acte.

– Alors, baissez votre garde avant de faire une connerie.

– Oscar pour Charli, aboya Piaget dans le radiotéléphone.

– Merde! trancha Noblet en appuyant sur le bouton de l'émetteur.

Il n'était plus qu'à un mètre de Fernande. Il aurait pu la désarmer facilement. Dupreux connaissait la parade. Le risque était minime mais le commissaire préféra attendre.

– Soyez raisonnable, suggéra-t-il. Donnez-moi ce pistolet. Il ne vous servira plus à rien maintenant.

Fernande avait les yeux gonflés. Sa main tremblait. Toute la détermination qui l'animait encore quelques instants plus tôt semblait s'être évanouie. Elle ne parvenait plus à soutenir le regard du commissaire et détourna la tête pour dissimuler les larmes qui perlaient sur ses paupières. Puis, comme si l'automatique qu'elle tenait à bout de bras était devenu trop lourd pour elle, elle abandonna sa position dans un geste d'épuisement et s'effondra sur le comptoir.

Noblet écarta l'inspecteur d'un petit coup d'épaule.

– C'est fini, mon vieux. Vous pouvez relever la tête.

Puis il s'accouda au bar.

Fernande était abattue. Le commissaire la prit

par le bras et s'efforça de la redresser mais son corps semblait aussi rigide que celui d'un mannequin de cire.

– Qu'aviez-vous l'intention de faire avec ça? fit-il en exhibant le Luger.

Elle secoua la tête de gauche à droite et ne répondit pas.

– Dites-moi ce que vous vouliez faire? insista-t-il.

– Eviter une méprise, murmura-t-elle entre deux sanglots.

Noblet n'en crut pas ses oreilles. Il observa l'ancienne danseuse, incapable de cerner tout ce que cette réponse lapidaire pouvait induire.

– Vous savez qui a tué Baas?

– Non, mais je sais pourquoi il est mort.

– Et vous ne m'avez rien dit, explosa-t-il. Mais, bon Dieu! Dissimulation de preuves, ça vaut au moins six mois de placard.

– Et alors, s'exclama-t-elle en le foudroyant du regard. Je ne suis pas la seule. Tout le village est au courant.

– Au courant de quoi?

– Du passé, fit-elle, laconique.

– Mais encore?

– Tout le monde sait ce que les hommes étaient venus demander à Denise le soir où elle est décédée.

– Quels hommes?

– Ceux qui la cherchaient.

– Y'a ceux qui la cherchaient et ceux qui l'ont trouvée, persifla Noblet, théâtral.

– Si vous voulez, acquiesça-t-elle.

– Ils étaient trois. Emile, Frédéric Baas et qui?

Un rictus d'énervement lui déformait la bouche. Fernande semblait terrorisée.

– Et qui? hurla-t-il en la secouant comme un prunier.

Le contrôleur du train fit irruption dans le wagon.

– C'est vous la police? s'enquit-il, interloqué par la situation.

– Oui, scanda Noblet.

– J'ai un client dans le coma, voiture 2.

– Est-ce qu'il saigne? demanda Curtebœuf.

– Apparemment non.

– Est-ce qu'il lui manque un morceau du corps?

Déconcerté par la question, le contrôleur arbora une expression dubitative.

– Est-ce qu'on lui a coupé les mains par exemple? insista le commissaire.

– Ça risque pas! déclara l'employé, hilare. Les siennes sont complètement bandées.

– Merde! s'exclama Noblet. Dupreux, allez voir ce qui se passe. S'il s'agit d'Emile Schreiner, je le veux vivant et en état de parler dans cinq minutes.

Le contrôleur esquissa un mouvement d'accompagnement mais Noblet le retint.

– Vous, vous restez là, ordonna-t-il. Je vais avoir besoin de vos services.

La voix de Piaget résonna dans la voiture.

– Oscar pour Charli.

– Charli, j'écoute.

– La femme a quitté le compartiment il y a trois minutes.

– Et c'est maintenant que vous appelez?

– J'ai essayé de vous joindre, objecta le stagiaire, mais...

– Quelqu'un d'autre est entré? trancha le commissaire.

– Non.

– Alors, installez-vous dans le compartiment.

Noblet s'était retourné vers Fernande. Il n'avait plus qu'une seule idée en tête : la faire parler, mais l'attitude de Curtebœuf l'intrigua.

– Vous avez un problème, mon vieux?

L'inspecteur semblait terrassé par la surprise. Il restait là, ahuri, planté au milieu de la voiture.

– La blonde, s'étrangla-t-il en désignant du menton l'angle opposé.

– Quelle blonde? s'étonna Noblet en effectuant un demi-tour sur lui-même.

– Là, précisa Curtebœuf, à côté de la porte.

Une jeune femme venait d'entrer. Elle tenait à la main le quignon d'une baguette et portait miette à miette la croûte de pain jusqu'à sa bouche. Son geste était rapide. Elle picorait comme un moineau. Le passe d'un contrôleur pendait à sa ceinture.

– Qui c'est? fit Noblet.

– La fille du garde-barrière.

Un frisson d'horreur secoua le commissaire. Les miettes de pain qui tombaient sur le sol du wagon venaient d'éveiller un souvenir. En une fraction de seconde, il revit le corps de Baas et cette chapelure éparse qui avait croustillé sous les pieds du médecin légiste.

– Piaget! hurla-t-il dans le micro.

– Oui monsieur, fit le stagiaire.

– Faites descendre le garde-barrière de sa couchette.

– Impossible, monsieur, s'excusa Piaget. La porte du compartiment est fermée.

A l'intonation de la voix, le contrôleur avait compris l'importance du problème. Il avait sorti son passe puis s'était élancé vers le couloir sans attendre les ordres du commissaire.

– Arrêtez-moi ce train! Bon Dieu! lança Noblet

à la cantonade. Remuez-vous, Curtebœuf. Tirez le signal d'alarme!

L'inspecteur se rua sur la poignée. L'ensemble du convoi s'ébranla dans un vacarme assourdissant. Tout ce qui n'était pas solidement accroché fut projeté en avant. Portés par la force d'inertie, les trois verres de Cognac longèrent le comptoir avant de s'écraser sur le sol. Pendant une trentaine de secondes, tout fut secoué, ballotté... puis le train s'immobilisa. Le grincement infernal s'estompa et, dans le silence pesant de la nuit, seule la sonnerie s'obstina.

Agrippé à l'une des barres d'appui, Noblet n'avait pas bougé.

Saisie de tremblements, Aurore s'était réfugiée dans les bras de Fernande.

Le commissaire contempla la scène sans comprendre. Une tendresse infinie semblait unir ces deux êtres. La jeune femme se laissait faire. Fernande l'étreignait, lui passait la main dans les cheveux comme on console un enfant.

Noblet aurait dû intervenir, arrêter la jeune femme et l'interroger mais il était incapable d'agir. Le hurlement lointain d'une sirène attira son attention.

Au moment où il s'apprêtait à rejoindre Piaget, il entendit Fernande murmurer :

– Pas toi, Aurore... Pas toi... C'était pas à toi de le faire.

Quand le contrôleur atteignit la voiture 8, Piaget était allongé dans le couloir et se massait la tête. Surpris par la violence du freinage, le jeune stagiaire était parti à la renverse. Son crâne avait heurté la cloison et il tentait de recouvrer ses esprits.

– C'est vous Oscar? demanda le contrôleur.

Piaget confirma d'un signe de tête.

– Et c'est quel compartiment?

– Celui-là, fit-il en le désignant d'un geste de la main.

Le contrôleur planta son passe dans la serrure et fit glisser la porte. Piaget se rua à l'intérieur. La situation n'avait pas changé. Avachi sur la couchette supérieure, Germain ronflait toujours comme une vieille forge. Une couverture écossaise le recouvrait et dissimulait une partie de son visage. Piaget la souleva. Ce qu'il découvrit lui coupa la respiration. Un fil d'acier enserrait le cou du garde-barrière. Il fuyait vers l'extérieur par l'interstice de la fenêtre.

Le jeune homme se précipita sur le nœud coulant, tenta de le desserrer mais le collet résistait à ses sollicitations. Il lui fallut moins d'une seconde pour appréhender les données du problème. Dehors, bercé par l'arrêt brutal du train, le grappin oscillait comme le balancier d'une pendule, cognant contre la paroi du wagon à intervalles réguliers. Il fallait d'abord baisser la vitre et remonter l'engin. Il pouvait toujours s'occuper du nœud coulant après.

Il actionna le levier de la fenêtre jusqu'à ce que l'ouverture soit assez large pour laisser passer l'extrémité du piège puis il commença à tirer sur le fil...

L'express qui dévalait la voie parallèle en direction de Strasbourg ne lui laissa pas le temps de mener son entreprise à terme. Quand la motrice atteignit le niveau du compartiment, le fil d'acier se banda soudain, lui lacérant la main à la jointure du pouce. Il lâcha prise et ferma les yeux. Un liquide tiède et poisseux lui gifla le visage.

Le jeune homme était paralysé sur place. Ses muscles étaient tétanisés. Il n'arrivait plus à maîtriser les tremblements de ses jambes. Le courant d'air froid qui provenait de la fenêtre lui griffait la peau.

Le vacarme engendré par le passage de l'express cessa brusquement. Ignorant le drame qui venait de se dérouler, le convoi continuait sa course.

Piaget attendit quelques secondes avant d'ouvrir les yeux. Il redoutait le pire. Quand il se décida enfin à transgresser sa peur, la première chose qu'il distingua fut la tête de Germain qui gisait à quelques centimètres de ses chaussures.

11

Samedi matin : 5 h

Noblet en était maintenant convaincu, Aurore avait appliqué la loi du Talion.

Un soir de décembre 1956, elle avait été le témoin du drame qui s'était déroulé dans la maison du garde-barrière et, malgré les larmes de désespoir qui lui brouillaient les yeux, elle avait vu exactement ce qui s'était passé. Le premier avait tenu sa mère. Le second l'avait violée. Le troisième l'avait précipitée sous le train.

Maintenant, Noblet se demandait si le docteur Raymond n'avait pas, à son corps défendant, déclenché un phénomène irréversible, ouvert la mémoire d'Aurore en libérant sa haine. La mémoire joue parfois des tours. Il était bien placé pour le savoir...

Il ne lui restait plus qu'à découvrir le mobile du meurtre : pourquoi les trois hommes étaient-ils venus voir Denise ce soir-là?... Mais ça, les habitants de Babbeldorf semblaient peu enclins à le trahir, comme si certains faits chatouillaient encore la conscience collective du village.

– Vous avez du pain? demanda Noblet.

– A cette heure-là! s'étonna le patron du buffet,

faut pas pousser ! Il m'en reste un peu d'hier mais il est rassis.

– La boulangerie est loin ?

– Non. Juste en face la gare.

– Il est 5 heures 10, remarqua Noblet. La première fournée sera bientôt prête.

– Si vous y tenez absolument...

– J'y tiens.

Marcel enfila sa vareuse et poussa l'un des battants de la double-porte vitrée.

D'habitude, il ouvrait le bar à 6 heures mais aujourd'hui, les circonstances étaient exceptionnelles. Le chef de gare l'avait sorti de son lit vers deux heures et depuis, il servait des cafés à une meute de gendarmes et de policiers qui sillonnaient son établissement.

Le buffet de la gare de Lunéville était plongé dans la pénombre. Seules deux appliques murales distillaient une lumière pâle. A travers les vitres dépolies, le gyrophare des ambulances parsemait les murs d'éclats bleutés.

Trois minutes après avoir quitté la salle, Marcel revint en frissonnant.

– Voilà monsieur, fit-il en tendant à Noblet une baguette chaude et croustillante.

Le commissaire brisa le quignon et le tendit à la jeune femme.

Un sourire éclaira son visage, un sourire imperceptible, comme l'expression d'un soulagement.

Noblet la regardait. Il aurait aimé lui parler mais elle semblait étrangère aux événements, plongée dans un abîme d'où on ne revient jamais.

– C'est vous qui avez écrit cette lettre ? demanda-t-il en tendant à la jeune femme la feuille de papier qu'on avait retrouvée dans les poches de Frédéric Baas.

Aurore murmura « maman ». Une larme perla sur ses paupières et elle s'effondra sur la table.

Curtebœuf s'était porté au niveau du commissaire. Il toussota pour attirer son attention.

– Les gens du labo ont fini leur travail, monsieur. Est-ce qu'on peut emmener le corps?

– Emmenez, mon vieux, emmenez, approuva-t-il sans quitter des yeux la jeune femme.

L'inspecteur s'éloigna. Au moment où il allait sortir, Noblet l'apostropha :

– Curtebœuf!

– Oui, monsieur.

– Où est Fernande?

– Dans la salle d'attente avec deux gendarmes.

– Libérez-la. Dites-lui de rentrer chez elle. Dupreux oubliera ce qui s'est passé.

– Certainement.

– Quant à Emile...

– Il a repris connaissance, précisa Curtebœuf.

– J'aimerais le voir avant qu'il parte.

– Je préviens les gens du S.A.M.U. J'essaie d'arranger ça mais on aura sans doute peu de temps pour lui parler.

– Ça suffira.

Trois hommes en blanc venaient de pénétrer dans la salle. Le plus grand portait sur sa blouse un badge qui déclinait son identité : Dr M. Bordes. Les deux autres se tenaient un peu en retrait. Noblet ne fut pas surpris de les voir. Il les attendait. Le juge Berthey avait pris la décision qui s'imposait. Les trois hommes appartenaient au service psychiatrique de l'hôpital Stephansfeld.

– C'est elle? demanda le médecin.

– C'est elle, répondit le commissaire.

– A partir de maintenant, elle est sous ma responsabilité. Je la conduis à Brumath.

– Je vous la confie, se résigna Noblet.

Et comme la jeune femme ne semblait pas disposée à les suivre, le commissaire tendit sa demi-baguette à l'un des infirmiers.

– Essayez ça, proposa-t-il.

– Ça ne sera pas nécessaire, répondit le molosse.

– Je vous assure que, pour elle, c'est plus efficace que le Valium.

– Si l'on pouvait soigner un malade mental avec un croûton de pain, le monde serait un havre de paix, opina le médecin.

– A défaut de soigner, on peut toujours atténuer la détresse.

– Elle ne souffre pas.

– C'est vous qui le dites !

– Vous êtes psychiatre ?

– Non. Je ne suis qu'un pauvre flic qui fait ce qu'il peut pour comprendre la nature humaine.

Aurore était immobile, prostrée sur sa chaise. L'interne lui tendit la main. Elle sursauta.

– Il faut me suivre maintenant. N'ayez pas peur. Vous ne risquez rien...

Le ton mielleux qu'il utilisait ne faisait aucun effet sur la jeune femme. Au contraire, elle commença à trembler.

Le médecin saisit la demi-baguette, en cassa un morceau et le lui présenta. Son visage triste s'apaisa soudain. Elle se leva, contourna la table et se dirigea en titubant vers l'objet convoité.

– Je vous dois des excuses, commissaire. Vous avez un sens aigu de l'observation.

Noblet n'en doutait pas.

Il les regarda traverser la salle pas à pas, pousser la porte et s'évanouir derrière les vitres embuées.

L'ambulance du service médical d'urgence était garée face à l'entrée principale de la gare. Quand Noblet pénétra à l'intérieur, l'infirmière et l'anesthésiste contrôlaient la perfusion d'Emile.

– Je peux ? demanda le commissaire en exhibant sa carte.

– Je vous accorde cinq minutes, précisa le médecin.

Il rabattit la couverture sur le blessé et descendit de la fourgonnette.

Noblet se méprit sur son attitude.

– Vous pouvez rester si vous le souhaitez, proposa-t-il.

– Encore heureux ! s'exclama l'interne, hilare. Mais ne vous inquiétez pas. Il ne risque rien... Moi, je vais prendre un café.

Emile Schreiner semblait épuisé. Ses yeux vitreux n'avaient aucune expression. La peau de son visage était flasque et la couleur de son nez tranchait avec son teint cadavérique. L'alcool l'avait usé.

– Bonsoir, monsieur Schreiner.

Emile essaya de se soustraire au brancard mais l'effort qu'il s'imposait était au-dessus de ses forces. Sa tête retomba sur l'oreiller.

– Je suis officier de police judiciaire, précisa Noblet, et je viens d'arrêter Aurore Mayer pour meurtres. C'est à elle que vous devez votre mutilation.

– Elle aurait mieux fait de me tuer, confia le vieil homme d'une voix à peine audible. Vous ne pouvez pas savoir comme c'est difficile de vivre quand on est un salaud.

– Je vous crois, fit Noblet. C'est un domaine où il faut rester prudent quand on n'a pas de prédispositions particulières.

– Dieu m'a sûrement pardonné, s'inquiéta-t-il.
– Certainement, approuva Noblet. Maintenant que tout est fini, vous pouvez peut-être me dire ce que vous étiez venu faire chez Denise, l'avant-veille de Noël?
– On était venus lui demander de se taire.
– La méthode s'est avérée efficace. Après votre passage, elle n'a plus jamais parlé.
– Ne soyez pas perfide, monsieur... C'était un accident.
– Le dernier qui m'a dit ça est en route pour la morgue.
Émile haussa les épaules en signe d'impuissance.
– Mais bon Dieu! s'exclama Noblet. Qu'est-ce que vous aviez de si important à cacher pour en arriver là?
– Moi, rien, confessa Emile. Les autres... C'est le front russe qui leur est monté à la tête.
– Que s'est-il passé sur le front russe?
– Ils ont retrouvé quelqu'un qu'ils connaissaient.
– Le lieutenant Köhl?
– Oui. C'était leur chef de section. Il leur en a fait baver. Vous pouvez me croire. Faut dire qu'il avait une bonne raison de leur en vouloir.
– Et alors?
– Et alors, un soir, en partant au combat, ils l'ont assassiné.
– Denise le savait?
– Tout le monde le savait, précisa Emile. Mais Denise était la seule qui avait intérêt à en parler.
– A Babbeldorf, chacun semble connaître la vie de son voisin sur le bout des doigts.
– Oui, mais ça ne regarde pas les étrangers.
– J'imagine le jour où le frère du petit lieutenant

a débarqué, fit Noblet. L'atmosphère devait être irrespirable !

– C'était la panique générale, reconnut le vieil homme. En quelques heures, le village est devenu complètement fou. Tout le monde cherchait Denise. Baas est arrivé le premier. Ce jour-là, j'étais avec lui.

Emile donnait l'impression de revivre la scène. Il fixait le plafond de l'ambulance en secouant la tête. Une grosse larme coula sur sa joue et s'écrasa sur l'oreiller.

– Tiens-la, tiens-la, bon Dieu ! qu'il me disait Frédéric. Cette salope va tous nous envoyer en tôle... Denise l'a giflé. Elle l'a traité de lâche, de moins que rien... Alors, il l'a troussée...

Emile respirait avec difficulté. Ce souvenir lui était insupportable.

– Il l'a violée ? insista Noblet.

– Il l'a violée... Pendant ce temps-là, je lui tordais les bras pour pas qu'elle bouge.

– Mayer n'a pas réagi ?

– Il est arrivé un peu plus tard. Denise était assise près de la cheminée. Elle pleurait. Baas était furieux. Il insultait tout le monde. « Ta femme te quitte, Germain, qu'il lui a dit. Alors, c'est le moment de te demander si tu préfères être veuf ou cocu... »

– Denise a eu peur, imagina Noblet. Elle est partie en courant et elle a traversé le jardin.

– C'est ça. Et Germain l'a suivie. Il était soûl mais elle, avec ses hauts talons, elle n'avançait pas bien vite. Il l'a rattrapée quand elle escaladait le petit raidillon qui donne sur le ballast.

– Il l'a poussée ?

– Non... Il ne voulait pas qu'elle parte. Il l'a retenue juste au moment où elle traversait la voie. Alors le train l'a prise de plein fouet. Germain a été déséquilibré. Il est tombé dans le roncier en contrebas et il a perdu connaissance. Quand il est revenu à lui, on s'est aperçu qu'il ne se souvenait de rien... Alors, on ne lui a jamais dit la vérité.

Noblet marqua une pause. Maintenant, tout s'organisait dans son esprit.

– Quand avez-vous compris que votre histoire était en relation avec la mort de Denise?

– Hier matin, en apprenant la mort de Frédéric Baas. L'infirmière qui venait changer mes pansements m'a dit que j'avais eu plus de chance que lui.

– Pourquoi vous êtes-vous sauvé de la clinique?

– Pour prévenir Germain. Vu la tournure des événements, je me doutais bien qu'il était en danger...

Il hésita un instant et reprit :

– J'avais un avantage sur vous, commissaire. Je savais qu'il était innocent.

– Comment? s'étonna Noblet.

– La nuit où Frédéric est mort, Germain était à côté de moi... Il m'avait promis quelque chose.

– Il vous avait promis du Valium. C'est ça, monsieur Schreiner?

– C'est ça, répondit Emile.

Noblet eut soudain envie de lui dire que s'il n'avait pas tenté de se suicider, cette conversation aurait eu lieu mercredi et que Germain serait sans doute encore en vie mais il estima qu'Emile avait assez de soucis. Il jugea opportun de ne pas lui imposer les siens.

– Vous a-t-il raconté ce qu'il avait l'intention de faire à Paris?

– Il allait voir la tour Eiffel, prétendit le vieil homme. Depuis la mort de sa mère, la petite regardait sans cesse une photo du Champ de Mars et chaque fois qu'on lui disait : « Tu veux aller là-bas ? », elle donnait l'impression de comprendre. C'est la seule chose qui la faisait sourire.

– Baas était au courant de cette histoire ?

– Bien sûr ! s'exclama Emile. Tout le village en avait entendu parler.

– Vous connaissez cette écriture ? s'enquit le commissaire en exhibant la lettre qu'il avait montrée à Aurore quelques minutes auparavant.

– C'est bien l'écriture de la petite, confirma le vieil homme. Quand on l'a vue une fois, on ne peut plus l'oublier.

Noblet éprouva une certaine satisfaction. Il s'était longtemps demandé comment un homme aussi retors que Frédéric Baas avait pu se laisser piéger par l'assassin. Aurore avait écrit : « Tu m'as promis la tour Eiffel. Je t'ai promis la vérité sur nous... » Ce soir-là, le gendarme de Babbeldorf avait pris le train de nuit avec l'espoir de découvrir la preuve de sa paternité.

– Qui vous a aidé à quitter la clinique cet après-midi ? insista le commissaire.

– Personne.

– Je ne vous crois pas.

– Et même si quelqu'un m'a aidé, confia Emile. Qu'est-ce que ça peut faire ? C'était pour la bonne cause.

Noblet se leva et posa une main sur la poitrine du vieil homme.

– Reposez-vous, monsieur Schreiner. Le temps vous appartient maintenant. Ne le gaspillez pas. Il n'existe pas de remède pour soigner les consciences mais, puisque vous croyez en la Rédemption, agissez en conséquence et évitez l'alcool.

Il abandonna Emile à sa peine et sortit de la fourgonnette. L'air vif le rasséréna.

– En résumé ? fit Curtebœuf, impatient.

– Je vous raconterai, mon vieux. C'est une histoire sordide comme vous les aimez.

– Puisque l'affaire est bouclée, monsieur, on peut rentrer chez nous ?

Noblet ne répondit pas. Il passait en revue tous les éléments du drame. Les images défilaient dans sa mémoire.

– Quand on pense que toute cette boucherie a commencé en 44 par une délation et qu'on va refermer le dossier sans connaître l'auteur... Ça me gêne !

– C'est Emilienne qui a dénoncé Denise, fit une voix dont Noblet reconnut les inflexions sans être capable de l'identifier.

Il se retourna.

Le facteur baissait la tête. Noblet l'avait complètement oublié. Il était penaud, tremblant de froid dans les courants d'air qui balayaient la place.

– La jalousie, monsieur le commissaire. La jalousie, répéta-t-il.

– Merci, monsieur Schwartz, fit Noblet pensif. Merci pour tout... et à chacun sa croix...

Il se dirigea vers sa voiture sans prendre la peine d'éviter les flaques de neige fondue qui clapotaient sous ses semelles.

EPILOGUE

Aujourd'hui

Aurore a 42 ans.

En 1985, elle a quitté Brumath. Elle est internée maintenant au centre psychiatrique d'Erstein.

Au printemps, quand la tiédeur de l'air le permet, on peut l'apercevoir derrière la grille du parc. Minutieuse, elle entretient les massifs de fleurs.

Parfois, quand le vent du nord souffle, le hurlement d'un train lui parvient et elle tressaille.

Tous les jours, depuis vingt ans, un vieillard lui rend visite. Les infirmières se sont habituées à lui. Elles ne remarquent plus sa démarche claudicante et la rigidité de ses doigts, seul l'amour qui passe dans son regard les surprend encore un peu.

A Babbeldorf, la maison du garde-barrière est vide, le facteur est à la retraite et Fernande a fermé son café.

Les vieux vont chez Irène pour se soûler à la santé du temps qui passe.

IMPRIMÉ EN FRANCE PAR BRODARD ET TAUPIN
Usine de La Flèche (Sarthe).
ISBN : 2 - 7024 - 2340 - X
ISSN : 0768 - 1089

H 52/0514/1